猫神主人と犬神大戦争

桔梗 楓 Kaede Kikyo

アルファポリス文庫

http://www.alphapolis.co.jp/

プロローグ　仁義なき、わんにゃんの戦い

月のない夜。空には薄雲がかかっていて、星も見えない。

まるで黒の絵の具を零《こぼ》したような空の下で、ケモノのうなり声が不気味に響いた。

「うなぁ〜ぐるぉ〜フシャー！」

「ヴウゥー……！　グルルル」

狭い歩道を戦場に、睨み合うケモノたち。

片方は猫の群れ、もう片方は犬の群れだ。

それぞれが牙を剥《む》き出し、低い鳴き声と共に、頭を少し下げて尾を上げる威嚇《いかく》の体勢を取っている。

「新月は、わらわの尊き神性がなりを潜《ひそ》め、もっともケモノに近づく夜じゃ。ふふ、血もたぎるというものよ」

猫の軍勢を率《ひき》いるのは、白く艶《つや》やかな長毛を夜風になびかせている、ペルシャ猫に似た姿をした猫、ウバだ。その瞳は金色で、月のない夜であってもまるで満月のように光り輝いていた。

彼女は猫であって猫ではない。その正体は『猫神』という、人を守る猫の神様だ。

ウバの周りでは黒猫にアメリカンショートヘア、そして三毛猫たちが、犬の群れを睨みつけている。彼らもまた、普通の猫ではない。それぞれ病鬼《びょうき》、猫又《ねこまた》、仙狸《せんり》……はるか昔からこの国に存在している鬼や化け猫で、かつては人間相手に悪事を繰り返していたこともあった。

一方、犬たちは、まるで闇から形を成《な》したかの如《ごと》き黒色の毛並みに覆《おお》われていた。目だけが血を思わせるほど真っ赤で、ギラギラした光を放っている。

チャカッ、と爪音が響いた。

黒い犬の群れから、一頭の狼が前に出てきたのだ。

他の犬に比べてひとまわり大きく、シベリアンハスキーを思わせる体躯をしている。その毛並みは、ふさふさした白銀《はくぎん》色の剛毛に覆われていた。

「神や鬼、妖怪といえども、所詮は猫。しかも人間に飼い慣らされて、すっかり牙を抜かれた状態では、勝負にもなるまい」

フン、と鼻で嗤《わら》われ、ウバの傍《そば》にいた黒猫――キリマが毛を逆立てて殺気を露《あら》わにする。

「馬鹿にするな。お前の喉笛、この爪で掻《か》っ捌《さば》いてやろうか」

「クク、我が研ぎ澄まされた牙が、お前の頭に食らいつくほうが早いだろう」

すると、キリマの隣にいた三毛猫が、爪音を鳴らして一歩前に出た。

「……試してみるか？　お前たちが、吠えて威嚇《いかく》するだけしか能のない野良犬だということを、思い知らせてやろう」

「望むところだ。今日こそ決着をつけてやる」

バウッ、バウッ！

グルルル……

言葉を話す狼の後ろには、影を思わせる真っ黒な犬たちがぞろぞろとたむろしている。

目の前にいる猫たちを、どう料理してやろうか。

犬たちはそう言わんばかりに赤い舌を伸ばし、舌なめずりをする。

明らかに十匹以上はいる犬の群れに対し、猫の軍勢はたった四匹だ。しかし、その四匹は一歩たりとも後ずさりしなかった。

「ウフフ、今宵《こよい》は血を見ることになりそうね」

アメリカンショートヘアの見た目をした猫が、艶やかな声で呟く。

まさに一触即発の瞬間。

この場において唯一の人間である鹿嶋《かしま》美来《みらい》は、目の前で繰り広げられる情景に、呆然と立ち尽くしていた。

「ちょっと、あなたたち、店の前で何やってるのっ！」

悲鳴にも似た抗議の声に、犬も猫も反応することなく、変わらず睨み合っている。

人間はお呼びじゃないということなのだろう。

これは『物の怪』と呼ばれる類《たぐい》の猫と犬が、互いに領地を奪い合う、仁義なき戦い。

敗北した途端に棲《す》み処《か》を失う。

話し合いなど、もはや意味をなさない。

取るか取られるか。互いに譲れない以上、残された道は戦いしかないのだ。

だが、美来にとってはたまったものではなかった。

「ここ、公道だよ⁉　夜とはいえ、いつ人が来るかもわからないんだから、保健所を呼ぶどころの騒ぎじゃなくなるよー‼」

「美来。これは避けられない戦いなんだ。けれども俺は絶対美来を守るから」

キリマが思い詰めた様子で言う。しかし美来は首を高速で横に振った。

「そういうことを言ってもらいたいんじゃなくて……」

がっくりと肩を落とす。そうじゃないのだ。

「お願いだからどっちも落ち着いてよ。争いは何も生み出さないって、歴史の授業でも先生が言っていたよ！」

美来が必死に訴えるも、両者は耳を傾けようともしない。

人間の歴史など知ったことではないのかもしれない。美来ははらはらした気持ちで辺りを見回した。すると、犬と猫が睨み合う道の向こうから、酔っ払った様子の中年男性がふらついた足取りで近づいてくる。

「ひぇっ！」

美来は慌てた。酔っぱらいは気持ち良さそうに歌を歌っている。

「ウウ……ガルッ」

後方の気配に気づいた狼が、ぐるりと後ろを向いて威嚇《いかく》の鳴き声を上げた。

「ふんふーん、ふん?」

よたよた歩いていた中年男性が、犬と猫の群れに気づく。

「フシャァ……」

「グルル……」

ここに近づくなと言わんばかりに、猫たちは暗闇の中で目を光らせ、影色をした犬たちはギラリと牙を剥《む》き出す。

「ひぇええ!! ヒョエー!!」

酔いが一気に覚めたのか、中年男性は猛烈な勢いで逃げていった。

「よ、よかった……。冷静に保健所に電話されたらどうしようかと思った……」

美来は胸を撫で下ろす。中年男性には申し訳ないが、こんなところで保健所に連絡されてしまったら、美来の大切な『ねこのふカフェ』が騒動に関わっていると思われかねない。

「と、とにかく、あなたたちいい加減にして! 少なくともお店の前では……じゃなくてどこでもダメだけど、喧嘩《けんか》はダメ。ストップー!」

またいつ人が通るかもわからない。それに、平和的な解決方法があるはずだ。

美来は懸命に説得しようとする。しかし、その声に反応したのは一匹のみ。

キリマだけが、チラ、と横目で彼女を見上げた。

「美来、家に入ってろ。今日の戦いは今までにない激闘になるだろうから」

「キリマ、私の話聞いてた⁉　どうしてみんな揃いも揃って血気盛んなの⁉　喧嘩っ早いにもほどがあるでしょ！」

思わずわめくが、それでも冷え冷えとした空気が和《やわ》らぐことはない。

美来は頭を抱えた。

「どうしてこんなことになっちゃったの……？」

唇を戦慄《わなな》かせて呟く。

美来は何かに縋《すが》りたい気持ちになって、空を仰《あお》ぎ見た。

今宵《こよい》は新月。月はない。本来は美しく瞬《またた》くはずの星も低い雲に覆《おお》われて、その姿を確認することができなかった。

そもそもこんな事態に陥《おちい》ってしまった原因はなんだったのか。

威嚇し合う猫と犬の群れを前に、美来は過去の出来事を思い出していた――

第一章　変動の兆《きざ》しと、思わぬ食客《しょっかく》

新月のわんにゃん戦争が勃発《ぼっぱつ》する一ヶ月前。

季節は秋に入った九月初めの日曜日。美来が働く猫カフェは、その日も盛況だった。

東京郊外の街の一角にある『ねこのふカフェ』。

昭和の匂いが色濃く残っていた流行《はや》らない喫茶店から心機一転し、猫カフェにリニューアルした店である。それから一年と三ヶ月が過ぎた今も、客入りの良さは変わらない。いや、むしろ日進月歩の勢いを見せていた。

「いや〜、それにしても素敵なお店ですね！　ナチュラルな雰囲気で、ファンシーさが控えめなところが、男女年齢問わず入りやすい店構えだと思います！」

カウンター席に座って、熱心に語る女性は、とあるタウンマガジンのライターらしい。巷《ちまた》で人気の猫カフェとして取材したいと、アポイントを取って来店したのだ。一ページを使って宣伝してくれるという話である。

「ええ。猫好きの方は老若男女《ろうにゃくなんにょ》問わずにいらっしゃいますから、どなたでも気軽に入っていただけるよう、店のデザインにはこだわりました」

ライターの相手をしているのは、カウンターの内側に立つ、美来の父親だ。

鹿嶋源郎《げんろう》。

年齢は四十九歳。痩せ型の長身で、短い黒髪を横分けにしている。トレードマークは綺麗に整えられた口ひげであり、人からよく『文壇《ぶんだん》関係のご職業ですか？』と聞かれることが多いが、文才はまったくない。

何よりもコーヒーの味にこだわる『ねこのふカフェ』のマスターだ。この店で提供しているドリンクとケーキ以外のフードはすべて源郎が担《にな》っている。

「口コミによると、コーヒー通にも人気があるお店だそうですね。猫カフェはランチタイムからで、午前中はモーニングメニューを出す、普通の喫茶店なんですよね」

「猫キャストの体調を何よりも優先しなければならないですから。お客様は皆、ご理解のある方ばかりで感謝しています。モーニングは、リーズナブルなお値段で一日の活力になるような朝食を提供できるよう尽力していますよ」

ライター相手に、にこやかな営業スマイルで会話している源郎を横目に、美来はヒヤヒヤしていた。

（お父さん、緊張してるなあ。ボロを出さないといいけど……）

なにせ、この猫カフェは、ただの猫カフェではない。なんとしても隠し通さなくてはならない前代未聞の秘密が隠されているのだから。

それなら取材など受けなければいいのに、と言うなかれ。

タウンマガジンの一ページを独占できるというのは、集客に繋がるのだ。すでにタウンマガジンの編集部と打ち合わせは済ませていて、インタビュー記事の下部には、割引券を掲載してもらうことになっている。

ちなみに『ねこのふカフェ』は時間制限ありの、チケット料金制だ。

美来の心配通り、源郎は余裕ある受け答えをしているように見えるが、体は緊張のあまり、直立不動の状態で固まっている。

「やっぱりお母さんに対応してもらったほうが良かったかなぁ」

思わず美来が呟いた時、源郎の頭に猫が一匹、ストッと飛び乗った。

アメリカンショートヘアらしき柔らかいグレーの毛並み。キュッと目じりが上がったアーモンド形の目は大きく、きらきらとオレンジ色に輝いている。

「ニャ〜ン」

甘えた声色には不思議な艶やかさがあって、心まで蕩《とろ》けてしまいそうだ。

「わっ、ジ、ジリン。今は大事な話をしているから、あっちに行ってなさい」

源郎が慌てて頭を手で払う。するとジリンと呼ばれたアメリカンショートヘア風の猫は颯爽《さっそう》と源郎の頭から飛び、カウンターにストッと降りた。そして女性ライターの膝にスルリと滑り込み、ゴロゴロ喉を鳴らして体を擦り寄せる。

「ひゃわわ！　かわっ、可愛い〜！」

途端に目じりを下げてデレデレしたライターは、インタビューもそこそこに、ジリンの背中を撫で始めた。

「この美人猫が、ねこのふカフェの看板猫として有名なジリンちゃんですね。本当に口コミ通り、すごく人懐こいですねっ」

語尾にハートマークが見えそうなほど、ライターの声は弾んでいる。

源郎は「ハハハ」と笑って、頭を掻《か》いた。ジリンの横やりのおかげで、緊張が少しほぐれたようだ。

カウンターからヒョコッと顔だけ出したジリンは、そんな源郎を横目で見て、「まったく、世話が焼けるんだから」と言わんばかりに小さな肩をすくめる。

ジリンが源郎の頭に乗ったのは、猫の気まぐれではない。『源郎のフォローに回る』という確固たる意思を持って介入している。

なぜそんな気配りができるのかと言うと、ジリンは普通の猫ではないからだ。

その正体は、江戸時代より生きる猫又という妖怪である。ゆえに、人の言葉を理解できるし、人の言葉を話せるし、なんと人間の姿に変身もできる。

「ウニャァァ～ゴ」

ライターが笑顔でジリンを撫でていると、店の奥から低い猫の鳴き声が聞こえた。

それは思わず振り向いてしまうほど、迫力のある声。まるで中年のおじさんが猫のものまねをしたかのような、酷いダミ声である。

ライターはハッと顔を上げて声のほうを振り向いた。そのタイミングで、役割を終えたとばかりにジリンが床に飛び降りる。

「一度耳にしたら、二度と忘れられないという噂《うわさ》のダミ声……！　あそこの台座に座っているのが、『ねこのふカフェ』の守護神、ウバ様ですね！」

一気にテンションが上がったライターに、源郎は苦笑いで「そうです、ハハハ」と頷いた。

「すごい！　このデブ猫ぶり！　目つきが悪くて滅茶苦茶上から目線で、台座から微動だにせずふんぞり返るそのお姿。まさしく守護神に相応《ふさわ》しい貫禄ですね」

「にゃ〜ん、ニャア、ウニャッ」

ウバは人の言葉を話すかのように鳴いて、何事か訴えている。

ペルシャ猫を思わせる、ふわふわの白い長毛が特徴的な巨大猫。その体躯はジリンの三倍はある。もうひとつ特徴をあげるなら、見入ってしまうほど美しい金色の瞳だろうか。目つきが悪く、今ひとつ相貌が整っているわけではないのだが、奇妙な愛《あい》嬌《きょう》の持ち主だ。

台座に座るウバは目の前にある小さな賽銭箱《さいせんばこ》を、太い前足でトントンと叩いた。

その何かをせびる仕草を見たライターは、ポンと手を打つ。

「なるほど！　これがウバ様のお賽銭おねだりですね！」

『ねこのふカフェ』には、守護神の猫様がいて、お賽銭を催促《さいそく》する。

この店に人気が出た理由のひとつだ。まるで言葉を理解しているみたいに、人間味溢れる仕草をしてみせるウバは、たくさんの客に笑いと癒《いや》しを振りまいている。

ライターはさっそくウバの座る台座に近づいて、財布から百円を取り出し、チャリンと入れた。

「ウニャ～！」

その途端、ウバは二本足で立ち上がる。巨大猫なので、立ち上がるとかなりの迫力だ。そしてウバのふくよかな体に隠れていた三匹の子猫が、ミャンと顔を出す。

「ぎゃわい⁉」

ライターが妙な奇声を発した。『ギャア』と驚く声と『可愛い！』という声が合わさったらしい。まさか子猫が出てくるとは思わなかったのだろう。

ウバは自分の後ろに隠していた小さなラジカセのボタンを、尻尾でカチリと押す。唐突に流れる音楽は、神社などで聞く機会のある、雅楽《ががく》だ。その音楽に合わせてウバが巨体を揺らし、ピシッと前足と後ろ足を上げポーズを取る。そんなウバの周りを、三匹の子猫がクルクルうろうろして、まるでウバを応援するみたいに「ミャンミャン」と鳴いた。

「子猫かわ……っ、えっ、踊……ッ……まじダンス？」

思わず素に戻ってしまったライターがあんぐりと口を開ける。ひとしきり踊ったウバは、尻尾でラジカセのボタンを押して音楽を止め、何事もなかったかのように無表情で定位置に座った。子猫たちもウバの毛に埋《う》もれてぬくぬく暖を取る。

「ウバちゃん、すごいでしょう～。芸達者なんですよ～」

ライターの傍《そば》に来て、ニッコリと笑顔で話すのは、花代子《かよこ》。美来の母親だ。

『ねこのふカフェ』は基本的に、源郎と花代子と美来という、親子で営業している。

おっとりした口調の花代子にライターは「そ、そうですね」と相槌《あいづち》を打つ。

「芸、というカテゴリーを超えていそうですけど。実際に見ると大迫力でしたね」

「前に、ウバちゃんと一緒に神社へ参拝したことがあったんですよ。その時に巫女《みこ》さんが踊っていた舞を覚えちゃったみたいですね～」

「かしこいんですね。さすが守護神様です」

花代子の説明を聞いて、ライターが感心した顔で頷いた。

だがしかし、ウバは猫にしてはかしこいのではない。猫の振りをした、正真正銘の神様なのだ。江戸時代より存在し、元は近くの山にある社《やしろ》に棲《す》んでいたのだが、時代が経つに連れて人はウバを忘れていき、人々からの信仰心を失った彼女は神としての力を失ってしまった。

孤独を感じたウバは、彼女曰《いわ》く『気まぐれ』で山を下り……そして、美来に拾われた。

そうして、今は『ねこのふカフェ』の（裏）主人として、カフェを見守っている。

つまり守護神というのは冗談ではなく、本当の話なのだ。

ライターは後ろを振り返った。

盛況なカフェでは老若男女《ろうにゃくなんにょ》、様々な客が源郎の淹れるコーヒーや紅茶を楽しみ、彩《いろど》り豊かで写真映えのするオシャレな日替わりランチに舌鼓《したつづみ》を打っている。

そして何よりも客を喜ばせているのが、愛嬌《あいきょう》のある人懐こい『猫キャスト』だ。

「ニャァ〜ン」

女性客の足元に擦り寄るのは、雄の三毛猫。

「あ〜、モカくんだ。こんにちは、モカくん」

「ニャン」

モカは甘くねだるような鳴き声で返事をして、翡翠色《ひすいいろ》の瞳をきらきらと輝かせる。

女性客は食事の手を止めて、モカを抱き上げた。モカはぐるぐると喉を鳴らして、尻尾でパタパタと客の足を柔らかく叩く。

「うう〜、可愛い！」

「私もモカくん抱っこしたいよ！」

向かいに座っていた客が不満そうな声を出すと、モカはピクッと耳を揺らして顔を上げ、招き猫の如《ごと》く前足を掻《か》いた。

「にゃ〜、ニャ、ニャン」

「あはは。もうちょっと待って、って言っているみたい」

「本当だ！　じゃあもうちょっと待つから……抱っこさせてね？」

「ニャン」

モカは目をキュッと細めて優しく鳴く。抱っこしていた女性客は「たまらん！」と叫んで、モカの背中に頬ずりする。

一方で、少し離れたテーブル席には、ノートパソコンを開いているビジネススーツ姿の男性が座っていた。

猫カフェにはそぐわないほど、その姿は厳《いか》つい。しかも険しい顔をして、忙しそうにキーボードを叩いている。

「なぁーん」

そんな彼の近くで、控えめな鳴き声がした。

男の傍《そば》に寄ってきたのは、目が醒《さ》めるほど真っ黒な毛並みを持つ黒猫だ。宝石のように綺麗なアイスブルーの瞳が、まっすぐに客を見つめている。

「む……っ」

タァンとエンターキーを押した男と、黒猫の視線がバチッとぶつかる。

男はグッと眉間に皺《しわ》を寄せ、しかめ面をした。

まるで猫が嫌いだと言わんばかりの渋面。しかし男はすぐさま椅子から降りるとその場で膝を折り、黒猫に向かって両手で『おいでおいで』をする。

「キリマたん……！　僕の癒《いや》しのすべて！　さあ僕の胸に飛び込んでおいで！」

——全力で猫好きであった。この男性客は、美来が顔を覚えてしまったほど、ほぼ毎日来店する生粋《きっすい》の猫好きである。しかも黒猫のキリマがお気に入りなのだ。

キリマは一瞬、嫌そうに顔を背けた。すると、美来と目が合う。

『これも、仕事か？』

『頑張れキリマ！　あとでブラッシングしてあげるからね！』

キリマの心中を察した美来は応援の意味を込めて拳を握った。キリマは仕方なさそうにため息をつく。

　そしてめいっぱいの営業スマイルで、男の胸に飛び込んだ。

「ニャ～ン！」

「ホホーイ!!　キュート！　エクセレント！　キリマたんはエンジェル！」

　先ほどの厳《いか》めしさはどこへやら。男はデレデレに蕩《とろ》けた顔をして、キリマを抱き上げる。そして椅子に座ると、キリマの背中を優しく撫でた。

「あぁ～癒される。癒されるよ。もはや僕は、君なしでは生きていられない。君に会えるから、午後の仕事も頑張れるんだ、うう」

　重い。猫好きのお客さんには、時々これくらい感情の重い人がいる。

　キリマは男にされるがままになりながら、がっくりと小さな肩を落とした。妙な客に好かれてしまったと、げんなりしているのだろう。

　それでも、気まぐれに逃げたりはしない。

　キリマやモカもまた、猫であって猫でないからだ。

　モカは、仙狸と呼ばれる化け猫で、元々、美しい男性に変化して人間の女をだまし、精を吸い取る悪い妖怪だった。

キリマは四匹の化け猫の中では一番の年長者で、平安時代より生きる鬼だ。『猫鬼』と呼ばれていて、人間から病《やまい》を取り込み、それを『死病』として蔓延《まんえん》させる、とても邪悪な鬼である。

ジリンも江戸時代には花魁《おいらん》に化けて男をだまし、贅《ぜい》を尽くして好き放題していた過去があり、三匹とも基本的に『悪い物の怪』だった。かつて、そんなキリマたちを退治し、神使《しんし》として自分の手駒にしていたのが、ウバ——猫神なのだ。

ウバが人からの信仰心をなくして力を失った頃、神使として使われていた化け猫たちは、一斉に彼女のもとを逃げ出した。それからしばらくの間は離ればなれだったのだが、何の縁か、この『ねこのふカフェ』で四匹は再会し、こうして猫キャストとしてカフェを盛り上げている。

これが『ねこのふカフェ』のトップシークレットだ。

ウバたちが猫の振りをした物の怪であることは、最初は美来だけの秘密だったけれど、今では源郎と花代子も知っている。

何でもあっけらかんと受け入れる花代子と違って、非現実的な出来事を認めない源郎はなかなか奇妙な現実を受け入れることができなかったが、さすがに最近は、少しは慣れた様子だ。

「すごいですねえ。猫ちゃん全員が人懐こくて、可愛くて……まるで人の言葉を理解しているみたいだし、こんなに愛想がいいなんて、びっくりしました」

「たまたま、そういう猫と巡り会えたようですね」

ライターがあっけにとられた顔で言うので、源郎は愛想笑いをしながら全力でごまかす。

実は、本当に人の言葉を理解しているんです。愛想がいいのは仕事だからです。揃いも揃って化け猫のくせに、妙にプロ意識が高いんですよ、こいつらは――

そう言いたいのを必死に我慢しているのか、彼は苦虫を噛んだような顔をした。

「想像していた以上に素敵なお店ですね。これは紹介のしがいがありますよ～！」

ジリンやウバですっかり心癒《いや》されたライターが、機嫌良く話す。

「それじゃあ、楽しみにしていたオヤツをあげてみましょうか。すみませんが、猫用オヤツを頂けますか？」

「カリカリは一袋で百円。チューブタイプのオヤツは一個で二百円ですが、いかがいたしますか？」

対応したのは花代子だ。ライターは少し悩んだあと、ニッコリと笑顔を見せる。

「じゃあチューブのほう、ひとつください」

ウエットな練り餌《ねえ》の入ったチューブタイプのオヤツは、カリカリよりも割高だが、猫のウケは総じて良い。ライターもそれがわかっているのだろう。

チューブタイプのオヤツが貰える――！

その途端、ウバ、ジリン、モカ、キリマの目がギランと光る。

「ウニャアーッ！」

「ミャ～ン」

「ニャンニャッ！」

「ニャー！」

四匹全員が一斉に飛び上がって、ライターの下に駆け寄った。そして足元でぐるぐると回ったあと、それぞれが得意技を決めていく。

割高なチューブタイプのオヤツは、なかなか猫キャスト全員分は用意してもらえない。だからみんな必死だ。ウバはドッスンバッタンとその場でジャンプし、子猫たちがそのたび、ウバの背中でバウンドする。

ジリンは艶《なま》めかしく魅了するような声で「ナァ〜ン」と鳴いて、ライターの頬に鼻チュッをしようとするし、モカはクルンと宙返り。キリマは二本足で立ってクルクルッと回ったあと、バク転する。

「ニャッ！」

「ニャー‼」

オヤツは俺のだ！　いいや僕が貰う。あたしのものよ！　おぬしら黙らんか。それはわらわのオヤツじゃ！

そんな声が聞こえてきそうなほど、必死に芸をする猫たち。

その光景を他の客も呆然と見て……

やがて、モカを構っていた女性客たちが血気盛んに立ち上がった。

「モカくんたら！　そこまでオヤツが欲しかったのね。店員さん、あたしにもチューブのオヤツ一個ください！」

「キリマたん……！　君のためなら、僕の残り少ないお小遣いなんていくらでも払うよ。ほらおいで。店員さん、チューブタイプのオヤツ、二個！」

ビジネスマン風の男も手を上げる。次から次へと注文が来て、商売上手な花代子はニコニコと対応した。さりげなく猫ウケの良いオヤツを割高にしている辺り、相当なやり手だと美来は思う。

「なんか……今、明らかに猫っぽくない芸を見たような……？」

ライターが困惑の表情で首を傾げた。

猫は宙返りをするだろうか。バク転するだろうか。あからさまに媚《こ》びて鼻チュッをするだろうか？

美来はそっとライターに近づいて、囁《ささや》く。

「げ、芸達者、なんです。えへへ……すごいでしょう。頑張って教えたんですよ」

本当は教えてなどいない。むしろ美来は『あんまり猫らしくない芸を見せないで』と毎回注意している立場だ。しかし化け猫たちはすぐ調子に乗るし、あのようにオヤツの争奪戦となれば、こぞって芸を競い合ってしまう。

（今夜も、注意しないとなあ）

そんなにオヤツが欲しいなら、閉店後にちょっとあげるよとフォローも入れておかないと。美来がそう考えていると、ライターは納得顔で頷いた。

「なるほど。猫に芸を教えられるなんて、すごいですね」

ニッコリと美来に微笑んで、花代子から購入したオヤツのパッケージを切り、ジリンに向かってペーストタイプのペットフードをひねり出す。

「ニャふっ、ニャウニャウ……」

上機嫌でぺろぺろと餌を舐めるジリンの姿に、ライターの疑念は消え失せたようだ。すっかり蕩《とろ》けた顔で、ジリンを見つめている。

「ウニャッ！　ニャー!!」

モカは女性客、キリマは男性客。それぞれオヤツを貰っている中、唯一食いっぱぐれてしまったウバは、必死にライターの背中をポスポス叩いていた。そんなウバの周りで、子猫たちがミャーミャーと鳴いている。

「ああ、ごめんね。あとであげるから、ちょっと待ってね」

「……ニャン」

その言葉に、ウバは渋々といった様子で返事をし、台座に戻っていった。三匹の子猫もついていく。

「――本当に、言葉が通じているみたいだなあ……」

ボソッと呟いたライターの一言で、美来の背中にサッと冷や汗が流れた。

インタビューは大切な宣伝になるが、本当にヒヤヒヤする。美来がチラとカウンターのほうを見たところ、源郎は頭痛がすると言わんばかりに、額《ひたい》を手で押さえていた。

🐾🐾🐾

閉店の時間になって、店の玄関に『CLOSE』の札がかけられる。

花代子と美来はフロアの掃除、源郎は調理場の片付けを始めた。

「今日はタウンマガジンのライターさんが来て緊張したけれど、概《おおむ》ね盛況でよかったわね〜」

鼻歌を歌っていた花代子が、モップで床を拭きながらニコニコ顔で言う。花代子は基本的にいつも笑顔だ。

「最近は、足繁《あししげ》く通ってくれるお客さんも増えたね」

美来はテーブルにアルコールスプレーをかけて拭きつつ、答える。

「そうだな。モーニングタイムの常連客も増えたと思う。昔は高齢者ばかりだったが、最近は若い人やサラリーマンも多くなったな。ちょっと、メニューを検討し直そうと考えているんだ」

調理台を掃除している源郎が、相談を始めた。

「今は、トーストとゆで卵、サラダとヨーグルト、ドリンクのセットだけだっけ？確かに、男性には物足りないかもしれないね。ガッツリ肉を食いたいとか、たまには朝カレーがいいとか、時々意見を貰うよ」

「そうね。選ぶ楽しみがあるのはいいと思うわ。ランチのカレーをモーニングメニューにも入れてみてはどうかしら」

美来や花代子が意見を出すと、源郎は「なるほど」と頷いた。

「となると、カレーの仕込み時間が今より早くなるわけか。うーむ」

「早めに寝たらいいじゃない。それか、夜のうちにやってしまってもいいわね」

花代子の提案を聞いた源郎が「確かにな」と呟く。

「わかった。とりあえず明日は、早起きして仕込みしてみるよ」

カフェの経営について気軽に会議ができるのは、家族経営ならではだからかもしれない。閉店後はいつもこうやって、後片付けをしながら反省会をしているのだ。

そして、反省会は人間だけがやるものではない。

「あ～もう、なんだよ～あの客は～。ここ最近、連日来るじゃねえか～!!」

カウンターの上でわめくのは、黒猫の姿をした猫鬼のキリマ。

「君はもう少し愛想を振りまくことを覚えたまえ。客を選ぶようでは、一流の猫キャストとは言えないぞ」

先端が二股に分かれた尻尾を交互に揺らしたモカが、静かに苦言を口にする。

キャットタワーのカゴの中で寛《くつろ》ぐ彼を、キリマがギロリと睨みつけた。

「モカ！　お前は女性客のところにしか行かねえじゃねえか！　おかげで俺が、男性客を中心に媚《こ》び売るはめになっているんだぞ！」

ニャーッとキリマが怒り出すも、モカは素知らぬ顔をして、前足で顔を洗う。

「仕方がない。僕の本能は常に女性を求めているのだ」

「うわぁ～、そうやって開き直るところ、さすがは女をたらし込んでブイブイ言わせていた悪辣《あくらつ》化け猫なだけのことはあるわね。元チャラ男っていうか～」

根元から二股に分かれた尻尾をユラユラ振るジリンは、カウンターの上でお行儀良く座り、モカを横目で見てニヤッと笑う。

「モカとて、そなたには言われたくないじゃろ。あの物書きがオヤツを買った時のジリンの甘えた声は、かつて武士どもをたらし込んだ艶声《つやごえ》とそう変わらんかったぞ」

台座にのっしり座るウバが、呆れた声で言った。

ジリンは「にゃふっ」と笑って、尻尾を艶《なま》めかしく揺らす。すると、先端がポウとホタルを思わせる光を発した。

「あたしは接客のプロだもの。相手が男でも女でも、みぃんなあたしの魅力で骨抜きにしてあげているのよ。この店のお客は、ちょろすぎて術を使うまでもないけどね～」

「ぶっそうな術とか、絶対に使わないでね」

美来は、好き勝手に話す猫たちの輪に入り、グサッと釘を刺しておく。

「ジリン、そこをどいてよ。カウンターを拭くから」

アルコールスプレーを片手に近づくと、ジリンはあからさまに辟易《へきえき》とした表情になった。

「前から思ってたけど、そのあるこーる除菌って必要なの？　すっごく嫌な臭いがするわ！」

「食べ物を扱うお店なんだから、除菌は必要でしょ。匂いが嫌なら家に戻っていなよ」

「そうね。そろそろご飯の時間だし。みんな、ご飯にするからおうちにいらっしゃい」

モップ掃除を終えた花代子が、パンパンと手を叩く。その途端、ジリンにモカ、ウバが一斉にピクピクッと耳を揺らし、起き上がった。

「は〜い！　行く行くぅ！」

「今日のご飯は何かな。たまにはカリカリ以外も食べたいものだ」

「外側がカリッとして、中からトロリと柔らかいものが出てくる、あのきゃっとふーどがまた食べたいのう。ほれ、エメ、コナ、ブルー。参るぞ」

「みゃん！」

「みゃ〜！」

「みゃう！」

ウバが台座から床に降りると、ドスンと豪快な音がする。そんな彼女の後ろに、名前を呼ばれた三匹の子猫がポテポテと着地した。

「ふぐぅっ……」

美来は思わず悶絶《もんぜつ》してしまい、額《ひたい》に手を当てて愛《いと》しさに耐える。

ウバの長毛に埋《う》もれると、完全に同化してしまう白猫のコナ。ブリティッシュショートヘアの血が入っていそうな雰囲気を持つ、グレーの毛並みをした雑種のエメ。そして同じく雑種だが、マンチカンの血統が色濃く出ている、キュートな顔が特徴的な茶虎のブルー。

現在生後六ヶ月の彼らは、子猫らしい愛らしさがこれでもかというほど溢れ出ていて、美来は店の従業員でありながら、三匹の子猫にめろめろだ。

子猫たちは今年の四月ごろに『猫キャスト』として仲間入りを果たした。主にウバが面倒を見ているのだが、でっぷりした彼女の傍《そば》で団子になってじゃれ合う子猫の姿は、猫好きにはたまらない一景である。

美来だって、仕事を忘れて見入ってしまうくらいだ。客の反応が良いのは当然で、子猫目当てに来る客も多い。

「ウバが子猫の可愛さを一番わかってるところが、なんとも商売上手だよねえ。ひとしきり見せ終わったあとは、子猫を懐《ふところ》に隠して、お賽銭《さいせん》ねだるんだもん。しっかりしてるよ」

美来はブツブツ呟きつつ、アルコールスプレーをカウンターにシュッシュッとかけて、乾いた布巾《ふきん》で拭く。

食器を拭き終わった源郎は「そうだな」と頷いた。

「まあ、子猫どもは正真正銘の猫だし、可愛い反面、何をしでかすかわからねぇ。人間の言葉が通じるはずもないから店に出すのは心配だったけど、ウバの面倒見が良くて助かったな」

ふぅ、と安堵したようなため息をつく源郎。

キッチン側に移動して源郎の手伝いをしながら、美来はクスクス笑った。

「お父さんも、すっかりウバたちに慣れたみたいだね」

「慣れざるを得ない……というやつだな」

ピカピカに磨いたコーヒーカップを戸棚に片付けて、源郎は力なく肩を落とす。

「悪いやつらじゃないのはわかってるんだが、ウバは常に偉そうな態度で命令してくるし、ジリンは何かにつけて俺をからかうし、あれだけはなんとかならんもんかね」

「あはは……。あれはあれで、親愛の証《あかし》というか、みんなお父さんが大好きなんだよ」

ウバは神様だから偉そうなのだろう。ジリンのからかい癖は、もはや本能みたいなものだった。しかし、二匹とも他人には猫を被るので、本性を露《あら》わにしているということは、心を許しているのも同然なのだ。

四匹の『物の怪』猫と、自分と両親。なんとも奇妙な取り合わせだが、今のところ、仲良く暮らせていると美来は思っている。

「……そういえば、ウバたちが来て、もう一年半になるんだね」

美来がしみじみ言いながらお皿を片付けていると、洗いカゴに布巾《ふきん》を入れた源郎が「早いもんだな」と笑った。

「じゃ、俺も家に帰るよ。明日は早いから、さっさとメシを食いたいしな」

「うん。私はもうちょっと掃除したら行くね」

美来がそう言うと、源郎は頷き、裏口から外に出ていく。彼を見送った美来は裏口近くにあるロッカーから箒《ほうき》とちりとりを取り出し、玄関から外に出た。

「今日は半分……下弦《かげん》の月か」

落ち着いた声色が、美来のすぐ傍《そば》から聞こえる。軽く振り向くと、夜に溶け込みそうなほど真っ黒な毛並みを持つキリマが、店の植え込み近くにちょこんと座っていた。

「キリマ。……そうだね」

目を細めて微笑んだあと、美来は『ねこのふカフェ』に面する歩道を箒で掃《は》いた。

「ここも、ずいぶん騒がしくなったよな。俺が美来に拾われた頃は、静かなもんだったのに」

「あの頃は寂《さび》れた喫茶店だったからねえ。本当に、すっかり様変わりしたよ」

キリマを拾った時のことを思い出して、美来はクスクス笑う。

そう――すべての始まりは、彼との出会いからなのだろう。

今も美来の日課である毎朝の散歩。その道すがら、神社で見つけた捨て猫。

それがキリマだった。

喫茶店を営《いとな》む父、源郎に嫌な顔をされながらも、半《なか》ば押し切る形でキリマを飼い始めて二年が経った。そして美来は、なんの因縁《いんねん》か、同じ神社で再び猫を拾ったのだ。

それがウバ――猫の神様である。

「ふふ、キリマが初めて私に話しかけてきた時はびっくりしたなあ」

それまではずっと、キリマは普通の猫だと思っていたのだ。正体は鬼で、猫ではなかったのだが、キリマは美来に嫌われるのを恐れて、単なる猫の振りをしていた。

……あの日、ウバが言葉を話した瞬間までは。

「まさか美来がウバを拾ってくるなんて夢にも思ってなかったよ」

「因縁の関係だったんだよね。神使《しんし》……だっけ？」

「そうだ。俺もジリンもモカも、元は悪い『物の怪』だった。ウバはそんな俺たちを退治して、自分の手足として使役していたんだ。……ま、神様の力を失ったあとは、みんな逃げ出してしまったけどな」

キリマが昔を思い出すように、遠い目をして空を見上げる。

時代がめまぐるしく変わっても、星空と月の形だけは変わらない。平安時代からこの世に存在しているというキリマは、時々空を眺めて在りし日のことを思い出しているのかもしれない。

「流行《はや》らない喫茶店を猫カフェにリニューアルするってお父さんが言い出した時は、どうなることかと思ったけど、ウバが『ねこのふカフェ』の主人になるって言って、モカとジリンを呼び出してくれたから、あっという間に猫キャストが揃ったんだよね～」

「最初は渋ってたけど、雇用条件がよかったからな」

キリマが美来に顔を向けて、目を閉じて笑う。なめらかな尻尾がポンポンと地面を叩いた。

「ねこのふカフェを社《やしろ》に見立てた、お賽銭《さいせん》大作戦の始まりだったねえ」

ウバは、人からの信仰心をなくしたがゆえに、神としての力を失った。

つまり、人間の信仰心を再び集めることができたら、神の力も戻るのだ。

どうやら、賽銭というのは手っ取り早く信仰心を集めることができる方法らしく、台座と賽銭箱を用意し、ウバを奉《たてまつ》る気持ちで賽銭を投げてもらうと、神の力が少しずつ取り戻せるのだとか。

キリマやジリン、モカは、かつてウバに退治された時、物の怪としての力をすべて奪われてしまった。

『わらわの力が戻れば、おぬしらから奪った力も戻せるだろう』

ウバの一言で、三匹の気持ちは決まった。自分の力を取り戻したい一心で、化け猫たちは気持ちをひとつにして、接客に励《はげ》んだのだ。

空《から》になったコップに一滴ずつ水を落としていくような毎日の積み重ねにより、ウバは力を取り戻していった。そしてキリマたちに力を返すことができて、彼らはかつての能力を使えるようになったのである。

猫又のジリンと仙狸のモカは、人間に変化し、魅了する力を。

猫鬼のキリマは、人間から病《やまい》を吸い取る力を。

「力を取り戻した途端、ジリンがさらわれたり、黒い猫鬼が現れたり、大変な目に遭ったよねえ」

「……あれはもう、忘れてくれ。なんか、一から十まで思い出すと、恥ずかしさのあまり、ゴロゴロ転がりそうになってしまう」

キリマがぺたんと伏せの体勢になって、そっぽを向いた。

美来は思わずクスクスと笑う。

「キリマ、一生懸命だったもんね」

掃《は》き掃除を終えた美来がしゃがみ込んでキリマの頭を撫でると、彼は三角の耳を寝かせて、気持ち良さそうにゴロゴロと喉を鳴らした。

『ねこのふカフェ』が開店して、しばらく経った頃。街では野良猫や飼い猫が失踪するという事件が増えていた。

猫を集めていたのは、八百年もの間、ひとりの女性に取り憑《つ》いていた猫鬼。

己の存在を維持するために、猫鬼は猫を体に取り込んでいたのだ。美来たちはその事件に巻き込まれ、ジリンがさらわれたり、美来が死病の呪いを受けたり、それによってキリマが自分を犠牲《ぎせい》にしようとしたりした。

結果的に、美来の機転によって呪いは解かれたのだが……

キリマとしては、体を張って美来を守ったにもかかわらず、逆に美来に救われてしまったので、嬉しいやら恥ずかしいやらと、なかなか複雑な心境らしい。だからあの時のことが話題に出ると、キリマはすぐに雲隠れしようとする。よほど思い出したくない過去のようだ。

あの事件があって、源郎や花代子もウバたちが『物の怪』であることを知った。

花代子は面白がったが、源郎は冗談みたいな現実をなかなか受け入れることができず、しばらくの間、頭を抱えていたものだ。

だが、ジリンとモカがしつこく源郎に構ったことで、ようやく現実を受け入れることができた様子。やや荒療治に近かったが、今ではすっかり受け入れているので、結果オーライかもしれない。

ちなみに、コナとエメ、ブルーの三匹は、件《くだん》の猫鬼が取り込んでいた猫である。

どうやら三匹とも野良猫だったらしく、引き取り先が見つからなかったのだ。

そんなわけで、美来は三匹の猫をペット兼猫キャストとして飼うことを決めたのである。

幸いと言っていいのか、ウバが世話役を自《みずか》ら担《にな》い、子猫たちもウバを母猫のように慕っている。キリマが言うには『神様は基本的に面倒見がいい』のだそうだ。

「私はね、今がとても幸せだと思っているよ」

美来は柔らかく、手触りの良いキリマの小さな頭を撫でて、人差し指で喉をさする。

「うう……」

キリマが目を瞑《つぶ》ってゴロゴロと喉を鳴らす。彼は鬼であると同時に猫なので、気持ち良く撫でられると、本能的に喉を鳴らしてしまうのだ。

「キリマがいて、ウバがいて、ジリンとモカがいる。お父さんとお母さんと私で、仲良く猫カフェを経営している。この現実がね、夢みたいに幸せだなあって思っているんだ」

「……俺も、幸せだよ」

美来に抱き上げられたキリマがボソッと呟いた。そして夜空を仰《あお》ぎ、アイスブルーの瞳でどこか遠くを見つめる。

「永遠に続いてほしいくらいだ。でも時々、この幸せが怖くなる」

「え、怖いの？」

美来が尋ねると、腕の中でキリマはしゅんと頭を垂れた。

「ああ。物事には必ず終わりが来るからな。だから俺は、いずれ来る幸せの終焉《しゅうえん》に恐怖している。何よりも美来と離れることが……怖いんだ」

キリマは、いずれ来る別れを予感しているのかもしれない。

美来は、猫鬼の寿命を知らない。だが、前に出会った猫鬼は、八百年の時を生きていた。だから、美来が年を取って生涯を終えてもキリマは生き続けるのだと思う。

「そっか……。動物の猫と違うのは、ある意味では辛いことなんだね」

普通は、残される側は人間であるはずだ。猫の寿命は、人間よりも短い。

けれども、相手が猫鬼となれば立場が逆になるのだろう。

キリマを優しく撫でていた美来は、ぎゅっと彼の体を抱きしめる。

「私は、キリマのその気持ちにどう答えたらいいかわからないけれど……」

先に死んでしまう立場としては、どんな言葉をかけても無意味に思えた。

キリマをひとりぼっちにしたくない。

彼を置いて死にたくない。そんな気持ちは持っているけれど、できないことは口にしたくない。

だから美来は、ニッコリと笑顔になって、キリマを見つめた。

「今の私にできることは、キリマやみんなと、仲良く楽しく生きることだと思うよ。先のことを考えて……悲しみながら生きるのは、辛いことだから」

人差し指でキリマの鼻先をさすると、彼はくすぐったそうにプルプルと首を振る。

「……そうだよな。俺も、そう思う」

キリマは静かにそう言って、顔を上げた。

形の良い三角形の耳がぴるっと動いて、アイスブルーの瞳が美来に向けられる。

「ごめんな。俺、どうしても悲観的になってしまうみたいだ」

「キリマは私より長生きだもん、仕方ないよ」

クスクス笑って、美来はキリマの顔に頬を寄せた。猫独特の、ふわふわの匂いを胸いっぱいに吸い込んで、ゆっくり目を閉じる。

「長生きだから仕方ないって……どういうことだ?」

美来の顔にすり寄りつつ、キリマが尋ねた。

「私のおばあちゃんも、時々悲観的だったの。年を取ると、物知りな分……なかなかポジティブ思考になれないんだろうねえ」

すでに故人となっている祖母を思い出しながら美来が言うと、ゴロゴロと喉を鳴らしていたキリマが、ピクッと耳を震わせた。

「ちょっ、ちょっと待て！　俺を年寄り扱いするな！」

「え、おじいちゃんじゃないの？　だって平安時代の生まれなんでしょ？」

「おじいちゃんって言うなあ！」

夜の静寂に、キリマの切ない慟哭《どうこく》が響く。

「でも、平安時代から生きてるなんて、人間からしたらかなり長生きだし……」

「人間と一緒にするな！　まったくもう」

キリマは憤然と三角の鼻を鳴らし、プイッとそっぽを向く。

翳《かげ》っていたキリマの表情が幾分か明るくなって見え、美来は優しく目を細めた。

彼の小さな頭を撫でてから、箒《ほうき》とちりとりを片手に店へ戻る。

その間際、キリマはそっと横目で空を見上げた。

黒い空。ちらほらと瞬《またた》く星と、下弦《かげん》の月。

「……今、この時が。俺の生涯において、一番の幸せなんだろうな」

まるで大切な宝物を守るように。おいしいごちそうを噛みしめるみたいに。

美来に抱かれたキリマは、静かに目を伏せた。

🐾🐾🐾

残暑もようやく落ち着きを見せて、過ごしやすい気候が続く秋晴れの日。

夏休みや冬休みといった長期休暇のある時期は、学生の客も多く、それなりの集客が見込めるけれど、秋の連休といえばシルバーウィークくらいなものだ。

そんな事情もあり『ねこのふカフェ』の客入りも、基本的に落ち着いている。もちろん土日や祝日は忙しいが、平日は暇な日さえある。

「これが人の多い地域だったり、京都みたいに観光地だったりしたら、また話は違うんでしょうけどね～」

今日の美来は、仕事が休みだ。そして隣を歩いて話しているのは、同じく仕事休みの桜坂《さくらざか》である。

「でも、あんまり忙しすぎるのも困りものですよ。猫だって毎日愛想を振りまいたら疲れますからね」

久しぶりの外出に、美来の声は弾んでいた。

桜坂は、以前美来が働いていた猫カフェのオーナーで、スキンヘッドの頭に筋骨《きんこつ》隆々《りゅうりゅう》の体という、なかなかパワフルな見た目の男性だ。

しかし心は乙女で、店で飼っている猫キャストにも懐かれている。気配り上手で親切な、とても優しい人だ。

今日の桜坂は、黒いニット帽を被り、シンプルなカーキ色のジャケットを羽織《はお》って、焦げ茶色のライダーパンツを穿《は》いていた。

店での可愛いエプロン姿も似合うけれど、ちょっとワイルドな格好も似合う。

美来が桜坂の姿を見ながらそんなことを考えていると、彼はチラと美来を横目で見て、意味深な笑みを浮かべた。

「化け猫ちゃんも、接客疲れになるのね」

「なりますね～。接客好きなジリンや、芸をする以外は動かないウバはそこまででもないですが、接客に慣れていないキリマとモカは心労が溜まるようです」

美来は苦笑いで答える。

——そう。桜坂は、ウバたちが『物の怪』の類《たぐい》であることを知っているのだ。きっかけは、犯人が猫鬼であった、猫失踪事件である。

たまたま現場となった『ねこのふカフェ』に居合わせた桜坂は、猫鬼が死病の呪いを美来にかけた瞬間も、ウバやキリマが喋ったところもしっかり目撃してしまったのだ。

彼は『ねこのふカフェ』が隠し持つ秘密を知っている、唯一の部外者。

「久々に、化け猫ちゃんたちに会いたいわあ〜。私、ジリンちゃんとお話するのが一番楽しいの」

「確かに、ジリンとオーナーは気が合いそうですね」

「そうなの！　ジリンちゃんの花魁《おいらん》時代の話を聞くのは楽しいし、モカちゃんの理知的でいながらウブなボーイっぽいところもたまらないわ。キリマくんのストイックな雰囲気も素敵！　ウバちゃんは神様なだけあって貫禄があるわよね。みんな個性的で大好きよ」

ルンルンといった様子で話す桜坂は本当に心が乙女だ。筋骨隆々な体で拳を組み合わせ、くねくねと腰を揺らす。

「でも、美来ちゃん、だめよ？　私はもうあなたのオーナーじゃないんだからね。ちゃんと名前で呼んでちょうだい」

「す、すみません。つい癖でオーナーって呼んでしまうんです。頑張って、桜坂さんって呼ぼうと思うんですけど……」

「まあ、私の猫カフェで二年は働いていたものね。癖になっているなら仕方ないか。でも、早めに桜坂って呼んでね。もしくは司右衛門《しえもん》と名前で呼んでもいいのよ？」

「し、司右衛門は……。はい、桜坂さんって呼べるように頑張りますね」

こんなにも乙女な彼なのに、名前はとことん厳《いか》ついなんて、皮肉なものである。

さて、美来と桜坂がこうして街を歩いているのは、特にデートというわけではない。

『隣町に、保護猫カフェっていうのができたらしいのよ。ちょっと見に行ってみない？』

そう、桜坂に誘われたのだ。

保護猫カフェとは、その名の通り、猫カフェを経営しながら猫の引き取り手を探しているお店である。

飼い主を探すという点は自分たちの店と違うものの、猫カフェとして経営しているのなら、店はどんな雰囲気なのか、客層はどうなのか。美来も少し前から気になっていたので、桜坂と一緒に偵察に行くことにした。

なにせ、美来たちが住む街は、東京都内ではだいぶ端のほうにあり、都会の雰囲気は皆無である。つまり、都心ほどの集客が見込めないので、客の争奪戦がそれなりにあるのだ。

そして、隣町にできた保護猫カフェは、ＳＮＳサイトなどで精力的に発信していて、インターネットでの動向を調べる限り、なかなか人気が高かった。

保護猫の引き取り手は見つかってほしいと願うものの、自分の店に通ってくれる常連客が隣町の保護猫カフェに取られては困る。

『ねこのふカフェ』も、ＳＮＳやブログはこまめに更新しているが、悲しいことに鹿嶋一家は笑いのセンスに恵まれていなかった。なかなか面白いことが書き込めないのだ。

一方、保護猫カフェのＳＮＳは、とても面白いスタッフがいるのか、笑いに溢れたコミカルなメッセージが、よく話題になっている。

その店は、『ねこのふカフェ』の最寄り駅から電車で二駅。駅の傍《そば》には昔ながらの商店街があって、数々のノボリがたなびく歩道を五分ほど歩くと、目的の店が見えてきた。

「着いたわ。ここね」

「ええ。ちなみに店の目玉ランチは猫型のオムライスで、それ以外だと、パフェが人気メニューみたいです」

「パフェ！　女の子が大好きなスイーツじゃないの。なかなかやるわね。それじゃあ潜入捜査、行くわよっ！」

意気揚々《いきようよう》と、桜坂が保護猫カフェの玄関を開く。

だが、それから一時間後――

「やぁ～ん。本当にカワイイ！　さては天使！　それも大天使ね。こんにゃろ～、モフモフしちゃうぞ～！」

店内に、成人男性の裏声が響く。それはまごうことなく、桜坂のものであった。

「にゃ～ん」

「うにゃ～」

全面、絨毯《じゅうたん》張りのフロア。テーブル席は端に並べてあり、広い真ん中のスペースはすべて猫と戯《たわむ》れられる広場になっている。

桜坂が正座する周りには、様々な毛色の猫たちが集っていた。人懐こい猫ばかりのようで、膝に乗ったりスリスリしたりと、自《みずか》らスキンシップに来てくれたのだ。

「人慣れしてますね。可愛い～」

かくいう美来も、わりとデレデレだった。

猫好きは、場所を問わず、猫に目がないのである。

「当店の猫ちゃんは、元飼い猫が多いんですよ。だから基本的に人懐こいんです」

スタッフがトレーにパフェを載せてやってきて、説明してくれた。

「元飼い猫……つまり、家庭の事情で飼えなくなってしまった猫たちってことですか？」

美来が尋ねると、スタッフは複雑そうな笑みで「はい」と頷く。

「本当は、ないほうがいいことなんですけどね。できるだけ当店で引き取っています」

「そうなんですね……」

美来がなんとも言えない複雑な表情を浮かべていると、スタッフはニッコリ微笑んでパフェのトレーを渡した。

「食事は、向こうのテーブルでお願いしますね」

「はい、わかりました。ありがとうございます」

トレーを受け取った美来は、桜坂と共にテーブル席に座る。

パフェを構成しているのは、香ばしく焼いたグラノーラとヨーグルトクリーム、濃厚そうなアイスクリーム。そしてふわふわの生クリームにはたっぷりのチョコソースがかかっていた。

桜坂がパフェにスプーンを入れる。そして、少し深刻そうな顔をした。

「私もね、さっきスタッフさんとお話していたけれど、二階には、まだお店に出せない猫ちゃんを保護しているみたいよ」

「それも、みんな元飼い猫ってことですか？」

「捨て猫もいるようだけど……そうね。多くは人の手から保護した猫らしいの。世の中は、いい飼い主ばかりではないから、色々あるんだと思うわ」

長いスプーンを手に取りつつ、美来も表情を沈ませる。

「そうですよね。見たくない現実ですけど……。いますよね。悪い、人も」

ペットは可愛い存在で、人の心を癒《いや》す素敵な家族だ。そして、当然ながら生き物である。断じてオモチャではない。だが、そこをはき違えている飼い主もいるのだ。正しい飼い方はペットの命を守ることに繋がるのに、なかなかわかってくれない人もいる。

ペットを飼うのに、免許はいらない。知識がなくても、アクセサリー感覚だったとしても、動物を家に住まわせた時点で即座に飼い主になれる。

その人間が動物を飼う資質を持っているかどうかは、誰にも計れないのだ。

難しい。とても難しい問題である。

美来が眉間に皺を寄せていると、向かい側に座る桜坂が、ポンポンと美来の頭を軽く叩いた。

「こらこら、可愛いお顔が台無しよ。そういう悲しい存在を少しでも減らすために、こういう猫カフェがあるんでしょ」

「そ、そうですね」

美来は慌てて顔を上げる。目の前では、桜坂が優しい微笑みを浮かべていた。

「私たちはできることをやっていくしかないのよ。ほら、私だって、時々ペットショップで無料の猫の飼い方講座を開いてるでしょ」

「確かに、飼い主に正しい知識を広めるのは、大切なことですよね」

「そうよ。殆《ほとん》どは本に載っているようなことだし、最近はインターネットで調べている人も多いわ。でも、ネットは便利な反面、間違った情報も多いのよねえ」

「正しい知識を得るって、難しいことですよね」

桜坂の話に、美来は何度も頷く。

かかりつけの獣医の話をよく聞くこと。自分の知識を過信しないこと。ペットの飼い方の教本はあっても、生き物だから個性がある。手を焼かされる場合も多いだろう。

それでもペットを迎えたのならば、じっくりつきあってほしい。その愛玩動物は、間違いなく家族の一員なのだから。

美来はそう願ってやまない。

「チョコパフェ、食べましょ」

「はい」

美来は頷き、パフェにスプーンを差し込む。爽やかな風味のヨーグルトクリームと、バニラアイスがとても合う。ざくざくのグラノーラと、たっぷりのチョコソースがたまらない。

「ん～っ、おいしい！」

「パフェを食べるなんて、ずいぶん久しぶりな気がするわ。うちのメニューにも入れようかしら」

「ああっ、私も同じこと思ってました」

最初は偵察のつもりだったのに、すっかりカフェを楽しんでしまっている。

結局、メニューが魅力的で猫が可愛ければ、それでいいのだ。パラダイスなのだ。

つまりは自分たちの店も、この店に負けないくらい魅力的なメニューを用意して、猫のストレスを溜めないように店内の環境を整えるのが、一番良いのだろう。

「アイスが冷たくて甘いわぁ～。ヨーグルトクリームは甘すぎなくて、あっさり食べられていいわね」

桜坂が絶賛していると、テーブルにトッと猫が乗った。

「あら、オヤツが欲しくなったの？」

「なぁ～ん」

「あとで猫用オヤツを買ってもいいですね」

美来は猫の喉をそっと撫でて、目を細める。

その時、ふと——気になるところを見つけた。

(あれ、気のせいかな？　でも……)

「どうしたの？」

神妙な表情の美来に、桜坂が問いかける。

「あ、考えすぎかもしれないんですけど」

美来は猫カフェの窓を指さす。そこは、光を多く取り入れる目的なのか、天井から掃き出し口まで、はめ殺しのガラス窓になっていた。

今日は見事な秋晴れで、窓にさんさんと日差しが差し込んでいる。窓側はぽかぽかと暖かそうで、猫にとっては最高の日なたぼっこが楽しめる場所だ。

それなのに、一匹たりとも窓に近づかない。

店の中には猫が六匹もいるというのに、誰も、あの日なたに行かないのだ。

これがキリマたちなら、こぞって日当たりのいい場所で寛《くつろ》ぐだろうに。

同じことを感じたのか、桜坂が「あら」と言う。

「いかにも猫が好きそうなスペースなのに、一匹も行かないなんて、不思議ね」

「そうでしょう？　まあ、たまたまかもしれませんけど」

猫は気まぐれなものだ。たまには日なたに行きたくない時もあるのかもしれない。

パフェを食べながら話しつつ、美来の視線はなんとなく窓に向けられていた。

すると、キャットタワーから降りた猫が、トテトテ歩いて窓に近づこうとしているところを見つける。

それを見て、美来は心なしかホッとした。

（なんだ。やっぱり私の考えすぎか）

猫鬼関係で大変な目に遭ったので、ややナイーブになっているのかもしれない。

美来は残り少ないパフェにスプーンを差し込み、ぱくっと食べた。

その視線の先で、猫がふいに足を止める。

（え……）

陽が差し込む、明るい窓の近く。猫はぴたりと止まって、ジッと窓の向こうを見ていた。尻尾が力なく垂れ下がり、耳がぺたんと寝る。

そして、クルッと窓に背を向けると、部屋の奥に移動し、おにぎり柄のクッションに寝そべり昼寝を始めてしまった。

猫の行動を見守っていた美来は、桜坂と目を見合わせる。

「なんだか、ここの猫ちゃんたち……窓の近く、怖がっていませんか？」

「私もそう思ったわ。どうしたのかしら」

桜坂も訝《いぶか》しげに首を傾げた。

保護猫カフェはのどかな空気に包まれていたが、窓に一切近づかない猫の姿には、奇妙な違和感を覚えたのだった。


存分に猫と戯《たわむ》れ、猫を愛《め》でて、おいしいパフェも頂いて。

保護猫カフェを十分に満喫《まんきつ》した美来と桜坂は店を後にする。

「いやあ、想像していたよりもずっといいカフェだったわね！」

「本当ですね。猫ちゃんたちのコンディションも良かったですし、パフェもおいしかったです」

大満足なふたりは駅に向かって歩いていく。

「やけに窓の近くを怖がっていたのは気になるけれど……。もしかしたら、日差しがまぶしすぎるのかもしれないわね」

ふたりはそんな話をしながら電車に乗り、最寄り駅に到着する。

「じゃ、またそっちのお店にも遊びに行くわね。今度こそウバちゃんを抱っこさせてもらうから！」

「あはは、はい。腰には気をつけてくださいね」

ウバの重さは米袋級なのだ。抱っこをする時は気合を入れてからでないと、腰に来る。

駅前で桜坂と別れて、美来はキリマたちの待つ家に帰った。

『ねこのふカフェ』はまだ営業中だが、猫キャストの勤務時間は終わったくらいの時間で、美来が実家の玄関の扉を開くとキリマが黒い弾丸のように飛んできた。

「美来、おかえり！」

「ただいま、キリマ」

誰よりも美来に懐いているキリマは、出迎えも熱烈だ。美来は彼を腕に抱き、ぎゅっと抱きしめる。

別の猫カフェの猫も可愛いけれど、やっぱり家の猫が一番だ。そうしみじみと思いつつ、美来はキリマの首近くに顔を埋《うず》め、くんくんと匂いを嗅《か》ぐ。

日なたに晒《さら》した布団みたいに温かくて優しい匂い。たまらない。

顔を擦り寄せて、キリマの毛並みの心地良さを堪能していると、彼がふいに身をよじった。

「……美来」

「ん〜？」

ふかふかした毛並みに頬ずりしていたところ、キリマが顔を上げて、美来の顔を前足でぺしっと叩く。

「違う猫の匂いがする‼」

「えっ」

「間違いない。しかも、新しい猫の匂いだ。桜坂の店の猫じゃないな⁉」

「うっ」

鋭い。猫の嗅覚は人間よりも優れているが、キリマのそれは猫の匂いを嗅《か》ぎ分けるほど的確だ。

「美来、また俺に黙って猫カフェに行ったな？」

「えーっとその〜、まあ、あの、間違ってはいないけど、でも誤解だよ！」

「何が誤解だよ！」

「別にその、嬉々として行ったわけじゃないし……桜坂さんに誘われて、隣町の猫カフェの偵察に行っただけだし……」

タジタジと美来は言い訳をする。

そう。キリマは美来が大好きであるがゆえに、他の猫よりも格段に嫉妬《しっと》深い性格をしている。

思えば昔からそうだった。キリマを拾って、ようやく懐き始めた頃からだろうか。

当時の美来は桜坂の猫カフェで働いていたので、美来がアルバイト先から帰って来た時は、いつも不機嫌そうに美来の匂いを嗅いでいたのだ。

そして体を擦りつけたり指を舐めたりして、美来についた他の猫の匂いを懸命に消そうとしていた。

今も、キリマは不機嫌そうに美来へ体を擦りつけている。

「偵察って言うけど、うきうきして行ったんだろ。わかっているんだよ」

「ご、ごめんなさい……」

美来はしゅんとして謝った。

キリマへの愛情が薄らいだわけではない。心変わりしたつもりもない。それなのにこの居心地の悪さはなんなのか。まるで、ホスト遊びをしたことが夫にばれて怒られている妻のような気持ちだ。

実際の美来は結婚しているわけでも、ホストクラブに行ったこともないのだが、そういう時は、きっとこんな気分になるのだろうと密かに思う。

気が晴れるまで体を擦りつけたキリマは、小さな顔を上げると、キッと美来を睨む。

「……俺じゃ、満足できないのか?」

「ええっ⁉」

「俺はこんなに美来が好きなのに。美来は俺に飽きているのか」

「ま、待って待って」

なんだかキリマの発言が不穏だ。美来が慌てて彼の口を閉じさせようとすると、チリンと可愛い鈴の音が聞こえた。

「あら~、修羅場《しゅらば》に鉢合わせちゃったみたいね、ごめんなさ~い」

ジリンが、首輪についた鈴を鳴らしながら近づいてくる。彼女と一緒に、モカもやって来た。美来はジリンを一瞥《いちべつ》すると、はぁとため息をつく。

「口では謝ってるけど、面白がっているのはわかってるんだよ。顔がにやけてるもの」

立つ。

「あら～だって、ウフフ」

ジリンはスマートな体をしならせて跳躍し、音もなくシューズボックスの上に降り

「やっぱり男女のこじれが一番面白いんだもの。ね～？」

話を振られたモカはジト目をした。

「僕に話を振るな。男女関係のいざこざなど、もっとも陳腐《ちんぷ》でくだらない問題だ。美来がコソコソと他の猫に浮気しなければいい話だろう」

「あなたたち、誤解を生むようなことを言わないで！」

美来は思わず声を上げる。男女のこじれだの、いざこざだの、なぜ、美来が浮気しているていで話が進んでいるのだ。

「美来にとっては単なる猫の話でも、キリマにとっては死活問題なのであろう。それほどに、キリマの美来に対する思いは強いのよ」

ジリンたちから少し遅れたかたちで、廊下の奥からのしのしやって来たのはウバ。白くふわふわの毛をなびかせて歩く姿は、巨大な白い毛玉が移動しているようである。

ウバにそう言われてしまうと、美来も反省するしかない。

キリマをぎゅっと抱きしめ、しょげた顔で俯《うつむ》いた。

「ごめんね。そうだよね、キリマの飼い主は私だけだもん。何も言わないで行ったのは、軽率だったね」

せめて一言、猫カフェに偵察へ行くとか、ちゃんと言えばよかった。普通の猫は言葉を話さないものだが、キリマと同じくらい嫉妬《しっと》深い猫もいるだろう。その猫にしてみたら、飼い主が別の猫を可愛がっているのは浮気も同然だ。

美来が謝罪を込めてキリマの頭を撫でていると、ようやく彼も気持ちが落ち着いたのか、ゴロゴロと甘く喉を鳴らし始めた。しかし表情は未だブスッとしていて、フンッと小さな鼻を鳴らす。

「もうだめだぞ。次やったら、一週間くらい撫でさせないからな！」

「ああそれは辛い！　キリマの毛並みはサラサラツヤツヤで、他にない撫で心地なんだもの。反省します〜！」

美来が心から謝罪すると、やっとキリマは「よし」と満足そうにヒゲを揺らした。

ふたりのやりとりに、ジリンがクスクス笑う。

「一週間撫でさせないなんて、どっちが辛いんでしょうね」

「まさに『肉を切らせて骨を断つ』だな」

モカは嘆息しつつ言った。

「美来もキリマもしょうがないやつよのう。ところで美来よ。今日行った猫カフェの偵察はどうだったのだ。何か得るものでもあったかの？」

ウバに尋ねられた美来は、靴を脱いで玄関に上がり、キリマを床に降ろした。

「そうだね、思っていたよりずっといいお店だったよ。ただ、ちょっと気になることがあったんだ」

廊下を歩くと、後ろをウバたちがついてくる。リビングに入り、美来は冷蔵庫から緑茶のペットボトルを取り出した。

「気になること？」

リビングに面したカウンターキッチン。モカがカウンターに飛び乗って、ジリンはダイニングテーブルの上に乗ると、その体を伏せた。

「たいしたことじゃないんだけど……お店の猫たちがみんな、窓を怖がっていたんだよね」

「窓……。何か、いたのかな」

ガラスコップをテーブルに置きお茶を注ぐ美来の傍《そば》に座っていたキリマが、首を傾げる。

「確かに、猫が窓を怖がっていたなら、窓の外に何かがおったと考えるのが自然じゃな」

ソファに寝そべり、たっぷりした毛並みの尻尾をパタパタ振るウバが呟いた。近くには大きなクッションが置かれていて、その上ではコナとエメとブルーが団子になってスヤスヤ寝ている。

「でも、猫カフェにいたすべての猫が同じ窓を怖がるなんて、不自然じゃない?」

二股に分かれた尻尾を交互に揺らして、ジリンが尋ねる。

「よほどのことがあったんだろう。美来、店の人間はどうだったんだ? 窓について何か言っていたか?」

モカは落ち着いた口調だ。ピクッと彼の耳が揺れる。

「うーん、お店の人は普通だったよ。窓を注意しているようにも見えなかったなあ」

保護猫カフェのことを思い出しつつ、美来はお茶を飲んで答えた。

すると、キリマが「決まりだな」と言う。

「間違いなく、人間には関知できない何かがその店で起きたということだ。猫にしか見えないもの……。いや、人間には見えないもの、と言ったほうが正しいかもしれないな」

「人間には関知できない、見えないもの？」

美来は不思議そうに尋ねた。ソファでウバが「うむ」と頷く。彼女の金色の瞳がきらりと光った。

「人間はな、この世でもっとも鈍感な生き物なのじゃ。他の動物には関知できても、人間には関知できないこと、見えないものがたくさんある」

「そうね。人間ほど五感のみに頼る生き物はいないかもしれないわ」

ジリンが同意して、モカは思案するように前足で顎《あご》に触れ、「ふむ」と頷く。

「人間は鈍感であるがゆえに、言葉を得たのだろうね」

五感以上の感覚がわからないから、意思疎通を図るためにひとつの叡智《えいち》を得た。それが、『言葉』だ。

「なるほどね。つまり、人間にはわからない何かを、あのカフェの猫たちは察知した。だから窓を怖がった。……それって、前みたいな事件が起きるかもしれないということ?」

美来は不安そうな表情で、四匹の化け猫たちを見た。

『前みたいな事件』とは、一年半ほど前に起きた、猫鬼による一連の騒ぎだ。

街から失踪した猫たち。何百年も操られていた生きる屍《しかばね》。赤い目をした恐ろしい猫鬼。

もうあんな怪異は二度とごめんだ。美来が困っていると、キリマが彼女の腕をポンポン叩く。

「大丈夫だ。何があっても、俺が美来を守るから」

「あら~さっきまでジェラシーいっぱいだったキリマくんが、すっかりナイト気取りねえ」

ジリンがすかさずからかい、キリマは苦々しく顔をしかめる。

モカが呆れたようにため息をついた。

「お前は、いちいちキリマで遊ぶんじゃない」

「ええ~だって、茶化すのはあたしのライフワークだもの。キリマと美来は逐一反応してくれるから、からかいがいがあるわ。次点は源郎ね」

「おぬしはどんな時でも態度が変わらんのう」

ウバが耳を寝かせて、体を伏せる。ふわん、と彼女の尻尾が柔らかに揺れた。

「まあ、猫が窓を怖がる程度の情報では、行動を起こそうにも起こせぬな。もし、怪異が起こっているのなら、今しばらくの間、調べる必要があろうて」

「そうよね。まだ怪異と決まったわけでもないし」

ジリンがこくりと頷き、前足を舐めて顔を洗う。

「気になるところではあるがな」

心配性なモカは、保護猫カフェの猫たちが気にかかるようだ。美来もモカと同じで、どうしてもあの猫たちが気になる。

怪異と関係がないのが一番だが、それならそれで、確証が欲しい。

「もう一回、あの保護猫カフェに行って、ちゃんと調べてみようかな」

美来はぽそりと呟いた。その途端、キリマの毛がぶわっと逆立つ。

「美来～……」

嫉妬《しっと》満載な低い声に、美来は「いやいや！」と慌てて手を横に振った。

「やましい気持ちはないってば！　本当に、調べたいだけなの！」

「またそんなことを言って。行けば行ったで、よその猫を撫でたり抱っこしたり、オヤツをあげたりするだろ！」

「そ、そりゃまあ、猫カフェなんだから、猫を構わないのは不自然だし……」

「じゃあ、仕方ないから猫を構うのか？」

ぎろっとキリマが美来を睨んだ。これは相当妬《や》いているようだ。ジリンはすっかり面白がって、ニマニマとふたりを眺めており、モカはそんなジリンを見て、ヤレヤレと首を横に振っている。

「そ、そうだよ……。猫カフェで猫を構うのは、仕方ないから……」

「絶対に、可愛いとか、もっと撫でたいとか、毛並みがたまらないとか、思わないと？」

「…………」

「思うんだな！」

ギニャーッとキリマが怒り出す。美来は必死に言い訳した。

「だっ、だって、猫は総じて可愛いんだもん！　可愛くないなんて思うこと自体が罪深いし、猫はいるだけで癒《いや》しになっちゃうんだもん！　撫でて顔がゆるんじゃうのは仕方ないよ～！」

「やっぱり、全然、仕方なくじゃねえじゃねえか！」

ガミガミ怒るキリマと、タジタジになって泣きそうな顔をしてしまう美来。

ジリンがおかしくて仕方ないといった様子で、「ニャハハハッ」と笑い転げる。

「はたから見ていると、ほんとに恋人同士の痴話喧嘩《ちわげんか》ね」

「まったく緊張感のないやつらだな」

あきれ果ててため息をついたモカはカウンターから立ち上がると、トッと床に降り、水飲み場まで移動した。

水を飲み始めるモカを見ながら、ウバが尻尾でぽふぽふソファを叩く。

「ほんにおぬしらは仲良しさんだのう……む？」

ピクッとウバが耳を揺らす。そして顔を上げて、キョロキョロと辺りを見た。

「どうしたの、ウバ？」

暴《あば》れるキリマを抱き上げてなだめていた美来が、ウバに顔を向ける。するとジリンもウバと同様に辺りを見回して、すばやく床に降り立った。

「何か、聞こえるわ」

シン、とリビングが静まる。怒っていたキリマも口を閉ざし、美来は耳を澄ました。

——しかし、何も聞こえない。

だが、猫たちは違ったようだ。水を飲んでいたモカも顔を上げて耳をぴくぴく揺らす。そして皆が一斉に窓へ近づいた。

「……ああ、聞こえる」

窓の向こうには、陽が落ちかけた街の風景が広がっている。美来も近づき、窓のカギを外してカラリと開けた。

さあ、と頬を撫でる、秋の風。

茜色《あかねいろ》に染まる住宅の上、夜の顔を出し始めた空は藍色《あいいろ》で、星がちらほらと瞬《またた》いていた。

——オォオオー……。アォー……オォォ……。

美来は目を見開く。

聞こえた。確かに聞こえた。

「犬の、遠吠え？」

近所で、誰かが犬を飼い始めたのだろうか。しかしそれにしては遠吠えの数が多い気がする。

「不吉な鳴き声じゃな」

網戸から空を見上げるウバが、厳《おごそ》かに呟いた。

「……不吉？」

「何かよくないものを運ぶ、闇に満ちた鳴き声じゃ。これはただの犬の遠吠えではない」

「それって……」

美来が不安そうな表情を浮かべた時、リビングのドアがガチャッと開く。

「ねえねえ、驚きのビッグニュースよ～！　って、あら美来、帰ってきてたのね」

入ってきたのは花代子だ。喫茶店の片付けが一段落ついたのか、店のエプロン姿のままだった。

「ただいまお母さん。ビッグニュースって、どういうこと？」

窓を閉めた美来が尋ねると、花代子が「そうそう」と言って拳を握る。

「お父さんがね、犬を拾ってきたの！」

「……はい？」

美来はキョトンとした。源郎は動物嫌いではないが、衛生面から動物を避けるきらいがある。猫カフェを経営し始めて以来、ある程度動物を容認するようになったが、そんな源郎が捨て犬を拾うというのは、美来には想像のつかない行動だった。

「びっくりでしょ。私も驚いたもの」

「う、うん。どういう経緯で拾ってきたの？」

美来が聞き返すと、花代子はリビングの戸棚からキャットフードを取り出しつつ、

「それがね～」と説明し始めた。

「喫茶店の閉店時間になって、お父さん、外の掃除をしたのよ。その時、犬の鳴き声が聞こえたんですって」

猫用の皿を七つ並べて、ザラザラとキャットフードを順番に入れていく。

「犬の鳴き声って、さっきの……か？」

キリマが声を潜《ひそ》めて呟く。花代子には聞こえなかったようで、マイペースに餌の用意をしながら説明を続けた。

「で、野良犬がいるのかと思った源郎さんが辺りを探していると、近くの神社の境《けい》内《だい》で、犬を見つけちゃったそうよ。すごく弱っていたから、見過ごせなかったみた

いね」

「なるほど。……私もそれは、拾っちゃうかも」

美来が納得すると、キリマがムッと顔をしかめる。

「美来の優しさは長所だと思うけど、ちょっと見境がないぞ」

「そう言われても、相手が弱っていたら、犬でも猫でも助けたくなるものだよ」

思わず美来は口を尖らせた。ジリンが笑いながら美来の頭に飛び乗る。

「わっ」

いきなり頭が重くなり慌ててバランスを取ると、頭上にいるジリンが美来の顔を覗き見た。

「仕方ないわよね、それが美来だもの。キリマもいい加減理解しなさいな」

「理解してるに決まってるだろ！」

「わかったわかった。キリマの独占欲は底知れないということだな」

はいどうどうと、モカがキリマをいなす。

「それで、源郎は犬を拾ってどうしているんだ？」

「今は行きつけの動物病院に連れていっているわ。首輪をしているから、迷い犬じゃないかって言ってたわね～」

キャットフードを入れ終えた花代子は、戸棚に袋を片付けた。

「はい、みんな、ご飯よ～」

パンパンと花代子が手を叩くと、猫たちは一斉に皿めがけてまっしぐらだ。ウバがソファから床に飛び降り、ドッスンと家が揺れる。その衝撃で子猫たちは目覚めて、クアッと小さな口を開けてあくびをした。

「私、お水を入れ替えるね」

美来は猫たちの飲み水を新しいものに替える。

「それにしても迷い犬なんて、最近見なかったから珍しいね」

「そうね～。飼い主がすぐに見つかるといいんだけど。しばらくはうちで預かるかもしれないわね～」

花代子が何でもないことのようにのんびり言う。その時、ウバがピクピクッと耳を震わせた。そして金色の目をクワッと見開く。

「ちょっと待て。犬をここに置くつもりなのか！」

「そうよ～。源郎さんは、飼い主が見つかるまではお世話するつもりでいるもの」

「ええ〜。犬なんて外に置いておけばいいじゃない。あいつら、繊細な猫と違って図太いもの。庭に犬小屋でも用意しとけば満足するんでしょ？」

ジリンがとても薄情なことを言う。

美来は、ジリンを睨んだ。

「ずっと外に置いておくわけにはいかないでしょ。犬も十分繊細な生き物です。夜風は寒いし、家に入れておくほうが安全だし」

「昔は外飼いの犬も多かったんだけどね、今は家の中で飼うことのほうが多いみたいよ」

美来の非難に続いて、花代子が穏やかな口調で諭《さと》すように告げる。

かりかりとキャットフードを食べたあと、モカがチラと花代子を見上げた。

「どうしてだ？」

「昔もいたかもしれないけれど、今って、外飼いのペットに悪さをする人がちょこちょこいるのよ。この辺りはまだ平和だと思うけど。……まあ、それでも、悪い人が絶対いないというわけじゃないからね〜」

花代子がのんびり言うが、四匹は揃って押し黙ってしまった。カリカリと、子猫三匹だけが一心不乱にキャットフードを食べている。

「にゃふにゃふにゃふ……」

「ミャ～ン！」

「あらあら、エメはおかわり？　コナは鳴きながら食べているのね。カワイイ～」

「みゃ～、ミャン」

ぺろぺろと皿を舐めたブルーが、花代子の周りをぐるぐる回る。

「ブルーもおかわり？　しょうがないわね。ちょっとだけよ」

花代子がドライキャットフードを取り出し、三粒ずつ、皿に落とした。

「ミャフゥ～」

「うう……鳴き声を上げて食べるの滅茶苦茶可愛い……」

美来は悶絶《もんぜつ》する。子猫は何をしても愛くるしい。すべてを忘れて子猫の姿に見入ってしまう。

「ほんと、なんだろ。神の奇跡っていうか……猫の造形がもう、神の芸術というか……とにかく可愛いよね。何やっても可愛い。可愛い要素だけで構成されてる……」

「おーい、美来。戻ってこーい」

テシテシとキリマに足を叩かれ、ハッと我に返った。

「ごめんごめん。子猫パワーがすさまじくて、つい眺めちゃうんだよね」

「まったく……。まあ、美来が猫大好きなのは、わかってるけどさ」

理解はしていても、ヤキモチだけはどうしようもないのだろう。キリマ自身、複雑そうな表情をして俯《うつむ》いている。耳がぺたんと寝ているし、尻尾も力なく床に伸びていた。

（あ……悪いことしちゃったな）

美来は反省して、キャットフードを食べるキリマを見つめる。

（あとでちゃんと話しておかなきゃ）

みんなの前で言うのは恥ずかしいけれど、キリマにはちゃんと、自分の気持ちを伝えたい。

「時に、花代子に美来よ。まだ話は終わっていないぞ。我々は、犬がこの家に住むのは反対じゃ！」

キャットフードを平らげて、花代子からおかわりまでせがんだウバが、気の済むまで水を飲んだあとに改めて怒り出す。

「我々って……ジリンやモカ、キリマも反対ってこと?」

美来が首を傾げると、名を呼ばれた三匹は一斉に美来を見上げて、頷く。

「当然だ。犬と猫は相容《あいい》れぬもの。犬猿の仲なんだぞ」

「犬猿の仲って、犬と猿でしょっていうツッコミは聞かないからね。あたしは犬嫌いなの。ぎゃんぎゃんうるさいし、匂いも好きじゃないわ」

「……俺も、犬は嫌いだ。野良猫時代、野良犬に散々追いかけられたんだぞ」

モカとジリンが矢継《やつ》ぎ早《ばや》に言って、最後にキリマがプイッとそっぽを向いた。

「う~ん。そう言われても。お父さんが決めた以上は追い出すわけにもいかないし、何より可哀想だし……」

さてどうしたものかと、美来は腕を組んで考える。花代子も「困ったわね~」と、まったく困ってなさそうな顔をして言った。

その時、玄関のほうからガチャリと扉の開く音がする。

「ただいま~」

次いで、源郎の声も飛んできた。

「あっ、帰ってきたね」

美来はリビングを出て玄関に向かう。その後ろに、キリマにジリン、モカが続いて、最後にウバものそのそついてきた。

「お父さん、おかえり」

「ああ。花代子から話は聞いたか？　こいつが拾った犬だ」

源郎が自分の足元に目を向ける。そこには、柴犬の血が混じっていそうな雰囲気の犬が、お行儀よくお座りをしていた。怪我をしていたのか、胴体には真新しい包帯が巻かれている。

毛並みは黒く、赤い革の首輪と、可愛いミサンガの首飾りがついていた。

「フーッ！」

一斉に殺気立つのは、ウバたちだ。

犬はビクッと体を戦慄《わなな》かせて、ぷるぷると震え出す。耳を下げて、ゆっくりと後ろ足で移動し、源郎の足元に隠れてしまった。

「こらこら、威嚇《いかく》しない。ワンコがすっかり怖がっているじゃない」

美来が叱ると、キリマはムッとしながらも威嚇するのをやめた。しかしウバとジリンとモカは未だ臨戦態勢だ。

「源郎！　我々は断固拒否である。犬なんぞと寝食を共にするのはごめん被《こうむ》る！」

「そうよそうよ。犬なんか大食らいだし散歩は必須だし、基本構ってちゃんだし、面倒なことこの上ないわよ。絶対イヤ。あたしの傍《そば》に置かないで！」

「……源郎、猫と犬ははるか昔から常に敵対していた。そう、我らにとって犬は宿敵。己の陣地に敵を迎えるなど、常軌を逸《いっ》した愚挙なのだ」

三匹が懇々《こんこん》と源郎を説得する。だが、源郎は珍しくニコニコ顔で、自分の後ろに隠れていた犬を抱き上げた。

「何言ってんだよ。お前らだって美来に拾われただろ。こいつは俺が拾ったんだ。つまり、仲間ってことだな」

「どこをどう考えたら仲間ってことになるのよー！」

ジリンがヒステリックに怒り出す。よほど犬が嫌いなようだ。

「まあまあ、源郎さん、この子を引き取るわけじゃないんでしょ？」

後ろから来た花代子が尋ねると、源郎はポフポフと犬の頭を撫でながら頷いた。

「ああ。動物病院でも、張り紙を貼ってくれるんだ。保健所にも連絡したし、迷子犬の情報サイトにも載せてもらえるぞ」

「それなら、ワンコを探している飼い主さんはすぐに見つけられるわね」

花代子がニコニコ顔で手を叩く。

しかしウバたちは揃ってプイッとそっぽを向いた。

「期間限定でも嫌じゃ」

「うちに犬の匂いがつくのが嫌なの！」

「これは人間には理解できない、大変デリケートな問題なのだぞ」

どうしても認められないらしい。ウバとジリンとモカが、まるで通せんぼをするみたいに、玄関前で並んでいる。

こんなにも嫌がると思わなかった美来は、しょんぼりして、キリマを抱き上げた。

「キリマもやっぱり……嫌？」

「……う。美来のお願いなら……俺も聞いてやりたいよ。……でも、やっぱり犬は嫌だ。犬は問答無用でテリトリーを広げようとするし、猫の意思を聞かない。やり方がいつも強引だし、好きじゃないよ」

猫と犬の溝《みぞ》は、人間が想像するより深いようだ。

美来に甘いキリマですら、犬に関しては苦い顔をしている。

ウバは源郎を睨み上げ、厳《おごそ》かに口を開いた。

「我らの意思を踏みにじり、それでも飼いたいと申すのなら、我らはここから去るぞ。それでもよいのか源郎よ」

「ええっ」

そこまで言うのか、と美来は驚きに目を丸くする。だが、化け猫たちは至って真面目な様子だった。脅《おど》しにも見えない。本気で出て行くつもりなのだろう。

——元々、ウバたちが『ねこのふカフェ』の猫キャストとして協力していたのは、人間の信仰心を集めて神の力を取り戻すためだ。

まだ完全とは言えないが、ウバはある程度の力を取り戻している。それにより、かつてウバに力を奪われ神使《しんし》になっていたジリンやモカ、キリマの、あやかしの力も返された。つまり、彼らにとってはもう『ねこのふカフェ』で働く理由はあまりないということだ。

美来は俯《うつむ》く。

犬は保護してあげたい。けれども、ウバたちが去るのは嫌だ。

どうしたらいいのだろう。やはり、住む場所を分ける必要があるのか。しかし家はさほど広いわけではない。

源郎も、さすがに『出ていく』と宣言されては困ってしまうようで、決まり悪そうに頭を掻《か》いている。今の『ねこのふカフェ』に、ウバたちの存在は欠かせない。

猫か犬か。どっちを取るか。

「くぅん……」

拾われたばかりの犬が、寂しげに鳴いた。

「そんなこと……言って、いいのかしら……？」

ふっふっふ、と不敵な笑い声が聞こえる。ハッと振り返ると、そこにはにんまりと笑顔の花代子が仁王立《におうだ》ちしていた。

そして、後ろ手に隠していた何かをバンッと掲げる。

「そっ……それはー!?」

「超高級キャットフード！　プレミアムエレガントゴールデンカリカリ!!」

燦然《さんぜん》と輝くパッケージ。『ファビュラスキャット御用達《ごようたし》』と謳《うた》われる、リッチなキャットフードだ。

「ひと噛みすればパラダイス。ふた噛みすればハッピネス。外側がカリッと香ばしく、中がトロッと濃厚なペーストになっていて、そのハーモニーが今までにない感動を運んでくれるとの噂《うわさ》だな。僕も一口食べたいと思っていたものだ」

長々とモカが説明してくれる。よほど食べたかったのだろう。そういえばウバなど、テレビで流れていたCMを、よだれをたらす勢いで視聴していた。

「あっ、あたしは……」

食べ物ではつられないぞ、とジリンはプイッとそっぽを向く。すると花代子は、懐《ふところ》から二本のボトルを取り出した。その途端、ジリンのオレンジ色の目がカッと見開かれ、二股に分かれた尻尾がピンッと縦に伸びる。

「あああっ！　あのシャンプーに、トリートメントは！」

「なんじゃ、すごいものなのか？」

シャンプーにあまり興味のないウバが尋ねると、ジリンが『信じられない』と言わんばかりの目で、ウバを見た。

「あんたも一応女でしょうが。美容用品くらいチェックしておきなさいよ！」

「うるさいのう。わらわは神じゃから、存在しているだけで美しいのじゃ！　それより、花代子が持つしゃんぷーはどういうものなのか、教えるのだ」

ウバに急《せ》かされ、ジリンは「仕方ないわね」と呟いた。そして、うっとりと顔をゆるめ、花代子が持つシャンプーとトリートメントを見つめる。

「あれは、セレブ御用達《ごようたし》ペットサロンが販売している、数量限定のシャンプーとトリートメントなの。オーガニック成分のみで作られた完全なる天然配合で、低刺激ながらも洗浄力は高く、地肌ケアに優れていて、保湿力はたっぷり。更に、ノミやダニ対策にハーブが使われているのに、匂いはかなり抑えてあるわ。そしてトリートメントによって、毛艶《けづや》が劇的によくなるの！」

先ほど高級キャットフードを語ったモカよりも、長々説明するジリン。そういえば、ジリンはよくペット雑誌を読んでいたな、と美来は思い出した。おそらく雑誌の広告で見かけて、ずっと欲しいと思っていたのだろう。

そして花代子は、人並み外れた洞察力で、化け猫たちが欲しがっているものを、事前に察知していたのだ。

なんという策士！　美来は、母の底知れない能力に戦《おのの》く。

花代子は手をピシッと上げて、宣誓のポーズを取った。

「私はあなたたちに誓います！　ワンコを預かっている間、週三回の高級カリカリ、週一回の高級グルーミング、そして全猫のベッドを新調します！」

「なんだと！　ベッドまで……⁉」

「最近、くっしょんがへたれてきたのうと思っていたが、あれがふかふかになるのか！」

「そうです。ふかふかです」

厳《おごそ》かに花代子が頷くと、化け猫たちは一斉に悩み出した。

「ううう、高級カリカリに、ベッドがふかふかになるじゃと……。犬めを預かっている間は、極上の待遇ではないか……」

「むむっ……。確かに、ずっと飼うわけではない。期間限定で僕らにも得があるのなら、歩み寄るのも手か……？」

ウバとモカがブツブツ呟く。一方ジリンは、きらきらした目で高級シャンプーとコンディショナーを見つめている。彼女の陥落は早そうだ。

ふと、美来が下を向くと、腕の中には冷めた顔のキリマがいる。

「キリマは、どう？」

尋ねてみたところ、キリマはフイと美来に顔を向けた。

「俺は……」

そう言ってから、ピクッと耳を揺らして、尻尾で美来の腕を撫でる。

「俺にはそもそも、この家から……いや、美来から離れるという選択肢は、ないよ」

嫌だと思っても。犬を歓迎する気持ちはなくても。

美来の傍《そば》から消えるという選択だけはしない、それがキリマの正直な気持ちなのだ。

「キリマ……」

美来の胸に、苦しいほど熱い気持ちがこみ上げる。優しいキリマが可愛くて愛しくて、思わずぎゅっと抱きしめた。

「キリマ、大好き」

黒く艶《つや》やかな毛並みに頬を寄せて言うと、キリマは「うっ⁉」と呻《うめ》いて、ビクッと体を震わせる。そして、照れているのか、プイッと横を向いた。

「……まったく。俺は、つくづく美来に甘い」

降参するように肩を落として、ため息をつくキリマ。そんな仕草も可愛い。美来が黙ってキリマを抱きしめていると、やがて彼はぽつりと呟いた。

「お、俺も……俺も、好きだ」

口にすると照れてしまうのか、キリマの体がぽかぽかと温かくなっていく。彼の体温を感じて、美来はキリマの頭を優しく撫でた。

そうして、美来とキリマがふたりの世界に浸《ひた》っている中、花代子は興が乗ったのかパンパンと手を叩き、威勢良く声を上げている。

「よ～し、みんな大好き猫用ハンモックも全員にプレゼントしましょう！　これでどうだ～！」

「その話、乗ったニャー！」

食と美容と住環境の快適さに負けた化け猫たちは、次々と花代子に籠絡《ろうらく》されていく。

なんとなく蚊帳《かや》の外になっているのは、源郎と拾われた犬だ。

目の前で繰り広げられる盛り上がりを眺めて、源郎は困ったみたいに犬を見る。

すると、犬は源郎の気持ちに同情するような目をして「くぅん」と鳴いた。

第二章　名探偵ばけねこ

美来の家に、珍客――迷い犬を迎え入れて一週間が経った。

リビングが寝床になった犬は、美来が想像していたよりもずっと大人しい。暇な時はいつも寝床で横になっているし、ご飯の時間が近づいても催促《さいそく》ひとつしない。ご飯だご飯だ早くしろと急《せ》かすウバたちのほうが、よほどうるさいくらいだ。

「ほんと、拍子抜けするくらい静かね、この子。えっと……クロタ、だっけ」

くうくうと寝ている犬――クロタの肉厚な耳を前足で突つきながらジリンが言う。彼女が耳に触れるたび、ぴるっとクロタの耳が震えた。

クロタというのは、この犬の首にあるミサンガに記《しる》されていた名前だ。緑色の糸と黄色の糸で、クロタという字が編《あ》まれていた。

だから、犬の名前はクロタなのだろうと結論付けられ、皆はその名で呼んでいる。クロタ自身も、その名前を呼ばれると反応するので、それが正しい名前なのだと美来も思っていた。

「クロタ〜！　散歩だぞう！」

シュタッとリビングに現れたのは源郎。

彼はクロタを預かってから、人が変わったようにクロタを可愛がっている。ウバたちの世話は美来や花代子に殆《ほとん》ど任せているのに、クロタの世話は自《みずか》ら買って出ていた。

クロタも源郎には懐いている様子だ。彼が現れると、黒い鼻をひくつかせてパチリと目を開く。そして四本足で立ち上がり、パタパタ尻尾を振った。

「クロタ、お前は素直で可愛いやつだなあ。今日は神社まで行こうな。紅葉《もみじ》が綺麗だぞ」

「わんっ」

源郎がリードを繋げた途端、クロタは嬉しそうに鳴いて舌を出す。頭を撫でられると、すぐさま耳を寝かせて目を瞑《つぶ》り、ぴすぴすと鼻を鳴らした。

いつも気難しそうな顔をしている源郎は、すっかり相好を崩して、散歩に出かけていく。

「源郎ったら、デレデレねえ」

ジリンが呆れた顔で見送り、二股の尻尾を揺らめかせる。

「元々お父さんは犬派だったけど、喫茶店を経営してるからって、絶対に飼おうとしなかったからね。期間限定とはいえ、犬のお世話をするのは楽しいみたい」

美来の言葉に、ジリンは納得したように「なるほど」と頷いた。

「クロタは大人しくて僕らに牙を剥《む》かないし、無駄吠えもしない。正直、拍子抜けなくらいだ。多少は揉めると覚悟していたんだけどな」

リビングの扉を開けて入ってきたモカが言うと、ソファで寛《くつろ》いでいたウバがゆっくり体を起こす。

「敵対せぬのはよいことじゃが、クロタはなんと言おうか、不思議な匂いのする犬だのう」

「不思議な匂いって？」

美来が尋ねると、ウバは言葉を選ぶみたいに宙を見る。そんな彼女の背中では、エメとコナが遊んでいて、ブルーはウバの尻尾と戯《たわむ》れていた。

「それ、俺も感じていたよ。あいつは、犬っぽくないんだ」

ひょいと美来の肩に乗ったキリマが言う。

「そうなの？」

「ああ。だが、俺たちと同じって感じもしない。だから不思議なんだ」

俺たちと同じ、ということは、つまり動物の犬でなく『あやかし』ということだ。しかし、同じ感じがしないと言っているなら、クロタは『あやかし』ではない。

「……それなのに、不思議な匂いがするの？」

美来の質問に、ウバが頷く。

「それがなんとも面妖でのう。モカはどう思う？」

「僕はウバほど察知能力が高いわけじゃないけど、犬らしくないとは思うよ」

「そうね。うまく言えないけれど、動物本来の無邪気さがないわね」

ジリンも話に乗ってくる。

「動物本来の、無邪気さ……」

美来は、ウバの周りで遊んでいる子猫たちを見た。この猫たちは正真正銘の猫で、動物だ。仕草を見ているだけで心が癒《いや》されるほど可愛い。子猫たちは自分が可愛いという自覚がないまま、愛らしい姿をふんだんに見せてくれる。

「……あ、なんとなくだけど、わかった気がする」

ぽつりと呟いた。

ジリンが口にした、動物本来の無邪気さ。それはコナやエメ、ブルーに見られる、屈託のない可愛さなのだ。化け猫たちはもちろん可愛いが、それは動物を『可愛い』と言うのとは違う種類のもの。

ウバたちは、その感覚をクロタにも感じているということか。

「まあ、確かにクロタは大人しいよね。聞き分けもいいし」

「それ以上に、俺たちと敵対しようという意思がないんだよ。でも、屈服とは違うんだ」

美来の感想に、キリマが答える。ジリンがカウンターに乗って、お行儀良く座ると尻尾をたたみ、説明した。

「動物には『テリトリー』を守る本能があるのよ。他者のテリトリーに入ってしまった動物の行動は、大体ふたつに分かれるわ」

「ふむ。ぶつかるか、ひれ伏すか、だな」

モカがジリンの言葉を補足するように言う。

美来は「なるほど」と納得して、腕を組む。

猫のテリトリーに入った犬は、そのテリトリーを奪おうとして戦うか、それとも勝てないと察知して平伏するか、確かに動物の行動で考えると、そうなるかもしれない。

「クロタにはその気配がない？」

「うん。大人しくて、俺たちに喧嘩《けんか》を売らねえけど、服従している感じじゃない。かといって、存在を無視しているわけでもない。でも仲良くしたいという歩み寄りの意思も感じられない」

キリマの言葉に、ウバが同意するみたいに「そういうことじゃ」と頷いた。

「なんというかな。わらわたちが花代子と交わした交換条件を、理解している気配なのだ」

「どういうこと？」

「わらわたちは、高級カリカリや、せれぶしゃんぷーなどのすぺしゃる待遇と引き換えに、クロタとの同居を認めたであろう。あれを理解して、ここに居座っているような感じでな」

「つまり、『君たちは条件を呑んだだろう。それなら僕は、ここに自由に住まわせてもらう。お互いに不可侵でいこう』という意思だけは感じるんだ。……それは、動物にはないはずの意思というわけさ」

ウバの次にモカが説明して、ようやく美来は理解する。

……確かにその『意思』は、動物にはあり得ないものかもしれない。

「でも、クロタは『あやかし』ではないんでしょう？」

「そこが不思議なんだよ。謎の意思は感じるのに、クロタ自身は驚くほど無力で、特別な能力も一切感じない。至って普通の犬なのさ」

美来の肩を軽く蹴って、キリマがクロタの寝床に飛び降りる。そして、くんくんと匂いを嗅《か》いだ。

「犬くさ……。でも、やっぱり普通の犬の匂いだな」

「気になるところはあるものの、今は様子を見るしかあるまい。クロタは奇妙な犬じゃが、敵ではなさそうだしの」

そう言うと、ウバはゆっくりと立ち上がった。彼女の背中で遊んでいた子猫がコロコロ転がり落ちて、ソファの上でじたばたしたあと、クルッと体勢を立て直す。

「ほれ、コナ、エメ、ブルー、そろそろわらわは二階で寝直すぞ。らんちたいむまで昼寝じゃ」

「ミャン！」

子猫たちは元気良く返事をして、ウバの後ろについていく。モカも小さな口をクァッと開けてあくびをした。

「僕も～……と言いたいところだけど、今日は僕がモーニングのシフトに入っていたね」

「そうね。お疲れ様、モカ」

クスクス笑ったジリンが「あたしも二度寝しよっと！」と言って、軽い足取りでリビングを出ていく。

「そっか、今日はモカがお手伝いをしてくれる日だったね」

美来はカレンダーを見た。そこには、オレンジ色の猫スタンプと、緑色の猫スタンプが交互に捺《お》されている。

「そういうことだ。ちょっと着替えてくるよ」

モカは足早にリビングを去っていった。美来はキリマを抱き上げて、声をかける。

「キリマはカフェに行く？　それともこっちの家にいる？」

「カフェに行くよ。少なくとも、あっちは犬の匂いがしないからな」

「本当にキリマは犬が苦手だったんだねえ」

美来がしみじみ言って、家の裏口から『ねこのふカフェ』の裏口に向かう。

「野良猫時代に、ほんと嫌な目に遭ったからなあ。残飯を巡って喧嘩《けんか》とか、日常茶飯事《にちじょうさはんじ》だったんだよ」

「なるほど。……で、喧嘩に負けちゃってたってことなんだね」

「言うな。思い出してへこむから」

キリマが耳を伏せてげんなりと呟く。

「あはは、ごめんね」

美来はキリマの頭を撫でてなだめながら『ねこのふカフェ』に入り、彼を床に降ろして店のエプロンを身につけた。

時計を見ると、朝の八時半。開店は九時で、十一時まではモーニングメニューを出していた。ちなみに、猫キャストの出勤時間は正午のランチタイムから五時までなのだが、猫の気まぐれによって、それ以外の時間でも店で寛《くつろ》いでいる時がある。

店のキッチンでは、源郎がモーニングの準備をしていた。

「あれっ、お父さん。もう散歩から帰ってきてたの？」

「ああ。どうしても朝は忙しいしなあ。散歩は閉店後のほうで時間をかけるようにしているんだ」

「なるほど。今、クロタは家？」

「ああ。餌を花代子に頼んでおいたからな」

そう言いつつ、源郎はトマトやキュウリをカットする。美来は食器棚からガラスの器をたくさん取り出し、冷蔵庫で冷やしておいたレタスを並べた。

「クロタって、やっぱり、ドッグフードはドライフードを好むのかな。それとも、猫みたいにウェットタイプが好みな感じ？」

「どうだろうなあ。クロタは本当に大人しくていい子だから、なんでも食うぞ。それにしても普通の動物っていうのはいいな。どこぞの化け猫みたいに、文句ばっか言わないしなあ」

はぁ、と源郎がため息をつく。

美来は苦笑いした。確かに、うちに棲《す》む化け猫は注文も多ければ文句も多い。

「まあでも、意思疎通ができて、よかったこともあるでしょ？」

「それは確かにな。感謝してるところはもちろんある。でも、クロタを見ていると……こう、心が和《なご》むんだよなあ。俺を一心に信じている様子を見た時とか、散歩を楽しんでいる時とか、たまらなく守りたくなるんだよ」

切った野菜をボウルに入れて、源郎がしみじみ呟く。

「それが犬野郎の計算なんだ。あいつらは人間に媚《こ》びることで長生きできるって、本能的に理解しているんだよ」

キャットタワーに登ったキリマがつまらなさそうに言って、尻尾をパタパタ揺らした。

「それでも。……クロタを拾った時は、そりゃあ酷いもんだったんだぞ。近所に神社があるだろ。その境内《けいだい》で拾ったんだが、ヘドロみたいな気持ち悪い泥で覆《おお》われていたから一瞬犬だとわからなかった」

「そんなに汚かったんだ」

モーニングのサラダを作り終えた美来は、目を丸くした。源郎は頷き、ガラスのコーヒー器具を磨き始める。

「動物病院で診《み》てもらったら、背中を怪我していたし、腹の毛が薄いところは皮膚炎にかかってた。……もしかすると、あいつは……飼い主から虐待されていたのかもしれないって、獣医は言っていたな」

「ええっ」

思わず作業の手が止まってしまう。源郎はコーヒー器具をカウンターに置くと、軽く口ひげを撫でた。

「俺だって信じたくないさ。でも、首輪をつけていたから野良犬とは思えないし、人慣れもしている。それで怪我して皮膚炎にもかかっていて……ってなるとな」

「そっか。普通の飼い主なら、ちゃんと治そうとするよね」

どうやら、クロタの皮膚炎は最近できたものではなく、前から発症していて、なおかつ治療された跡がなかった、ということなのだろう。

確かに、獣医が虐待の可能性を示唆《しさ》したのも理解できる。

「でも、それなら……飼い主を探してもいいの？」

「一応、飼い主が見つかった時は、その獣医が立ち会うって約束をしてる。もし本当に虐待をしていたとしたら、注意したり説得したり、やり方はあると思う」

源郎は疲れたようなため息をつき、肩を落とした。

「それにな、虐待はあくまで俺たちの想像に過ぎない。一方的にそうだと決めつけて、他人の犬を奪い取るのは間違っているだろ。もしかしたら誤解かもしれないし、どちらかと言えば、俺はそっちの可能性を信じたい。何か事情があるんだってな」

「お父さん。……そうだね」

トレーを拭いた美来は深く頷いた。確かに、現状でクロタが虐待されていたと決めつけるのは間違っている。今は飼い主を探すのが先決だろう。

「それに、私も虐待は違うと思うよ」

励《はげ》ますつもりとは違うのだが、美来は源郎に顔を向けた。彼は振り返り、首を傾げる。

「だってそんなことをしていたら、あんなに可愛い首輪、つけないと思う」

「あ……」

源郎はハッとして、目から鱗《うろこ》が落ちたとばかりの表情をした。

クロタの首には、首輪の他に、手編《てあ》みのミサンガが巻かれていたのだ。泥にまみれていたと源郎は言っていたが、あのミサンガはまるで何かに守られていたみたいに綺麗だった。

「糸でクロタって名前が編《あ》み込まれていた上に、他にも毛糸で作られたお花も縫われていたよ。明らかに手が込んでいるし、私はあれが愛情の証《あかし》に見えるんだよね」

飼い主ではない人間が作った可能性もあるけれど、美来にはどうしてもあれが、クロタの宝物のように思えたのだ。

単なる気のせいかもしれないが、美来はあのミサンガとクロタに、切れない絆を感じている。

「だからそんなに悲観的にならなくても大丈夫だよ、きっと。信じよう？」

「ああ、そうだな」

ようやく源郎は笑顔を見せた。美来はホッとして微笑み返す。

「愛情の証か……」

その時、ぽつりとキリマが呟いた。美来が振り向くと、彼は何か考え込んでいる様子で俯《うつむ》いていて、時々、三角の耳がピンとはねる。

「おっと、開店の時間だな」

天井近くに掲げている壁時計を見上げた源郎は、喫茶店の玄関を開けて『CLOSE』のプレートをひっくり返し、『OPEN』にした。美来は今日のメニューを書いた黒板のA型看板を外に設置しに行く。

「本日のモーニングメニューは、エッグベネディクトとサラダ、コナコーヒー。へえ、今日はハワイテイストだね。オッシャレ～」

突然、後ろから声をかけられる。美来が振り向くと、そこには軽薄さを身にまとったような、なんとも軟派《なんぱ》な雰囲気の男が立っていた。

「甘楽《かんら》さん！　おはようございます。今日は出前が早いですね」

「グッモーニン。僕の今日のシフトはお昼までなんだよね～。だから、とっととケーキの配達してこいって、オーナーに小突かれちゃった」

美来はケーキがたくさん載った銀色のお盆を受け取る。

彼は甘楽といって、近くにある人気ケーキ屋『シュシュ・オーンジュ』のパティシエだ。甘いマスクに気さくな性格、そして軽快なトーク力を持っているので人気が高く、中には甘楽目当てに店へ通うファンもいるらしい。

その『シュシュ・オーンジュ』と『ねこのふカフェ』はケーキ配達の契約をしている。猫と戯《たわむ》れながら、人気ケーキ店のおいしいスイーツも楽しめるというのは、目玉のひとつだ。

「なるほど。毎日の配達お疲れ様です」

美来はさっそく店に入って、ケーキを冷蔵庫に入れた。そして銀色の盆を綺麗に拭いてから、店を出る。

「お盆、返しますね。ありがとうございました」

甘楽に盆を返そうとするも、彼は動かない。

「……甘楽さん？」

美来は首を傾げた。つい先ほどまで調子良く話していたのに、今の彼は心ここにあらずといった様子で、ぼうっと虚空を見つめている。

「かーんーらーさーん」

美来はパタパタと彼の前で手を振った。

「カンラ。……やり方、カンラと交代のやり方」

彼は上の空で、何やらブツブツ呟いている。そしてハッと我に返り、慌てて美来へ微笑みかけた。

「あっ、ごめんね。お盆拭いてくれたんだ。ありがと〜」

盆を受け取った甘楽を、美来は不安そうに見上げる。

「あの、なんかブツブツ呟いてましたけど、大丈夫ですか？」

「大丈夫、大丈夫。ごめんね。最近考え事が多いみたいで」

ははは、と甘楽はごまかすように笑った。そして、チラと美来の足元を見る。

「おや、さっそくナイトくんが登場だね」

「ん？　ああ、キリマ。また外に出てきたの？　甘楽さんは安全だっていつも言ってるじゃない」

美来の足元にはいつの間にかキリマがいて、甘楽をジトッと睨んでいた。

「ニャゥ……」

最近のキリマは、そこまで甘楽を敵視していない。一時期は顔を見た途端に牙を剥《む》き、毛を逆立てるほど嫌っていたが、今はそこまでではないのだ。それでも美来の近くに彼がいるのは気に入らないらしく、甘楽が配達に来るたび、キリマは美来を守るのだとばかりに傍《そば》へ来る。

甘楽はキリマに目を向け、ニッコリと人のよい笑みを浮かべた。

「美来ちゃんの言う通りだよ～。僕、女の子は等しくみんな大好きだけど、さすがにナイトくんを差し置いて口説《くど》くほど無遠慮じゃないつもりだよ？」

「ニャー……ゥゥ」

「だから仲良くしようよ、キリマくん。そしてできれば、紅葉《もみじ》さんの連絡先を教えてくれないかな～？」

「ニャー⁉ ニャッ、ニャウ！」

キリマは驚愕の表情を浮かべたあと、『だめだこいつは』と言っているかのように呆れた様子で首を横に振る。

（あれ……？）

その時、美来はふと、違和感を覚えた。

甘楽はいつも通りの調子だ。キリマも、別段妙なところはない。それなのに、今の甘楽の言葉におかしいと感じた。でも、その明確な理由がわからない。

（気のせい……かな）

あまりに些細《ささい》な違和感だし、考えすぎかもしれない。美来がそう思ったところで、カランカランとカフェの玄関ドアが開いた。

「美来、そろそろ仕事に戻ってほしい。客が増えてきたぞ」

「あ、はーい」

ドアから顔を出したのは、源郎ではない。美来と同じ『ねこのふカフェ』のエプロンを身につけている、アイドル風の美青年だ。色素の薄い髪はサラサラの猫っ毛で、朝日を浴びてオレンジ色に輝いている。

「松葉《まつば》……」

甘楽が不機嫌な顔と声で彼の名を呼んだ。ちなみに、甘楽がそんな表情をするのはとんでもなく珍しいことである。

松葉は、実はモカが人間に変化した姿だ。彼はウバに化け猫としての力を返されて、人間に変化する能力を取り戻した。

そして先ほど甘楽が口にした『紅葉』とは、ジリンが人間に変化した時の名前である。

彼女は大変な美人で、スタイルも良く、おまけに接客能力の高さが突出している。甘楽はそのジリン——もとい、紅葉に一目惚れしてしまったらしい。花街一の元花魁《おいらん》の名は伊達《だて》ではないということだ。

モーニングタイムの多忙な時間、ジリンとモカは、交代で手伝いをしてくれている。なので、紅葉のシフト日の甘楽は大変機嫌が良くなるものの、松葉の日は打って変わって機嫌が悪くなるのだ。

甘楽と松葉は犬猿の仲である。

おそらく、自分と同じタイプの『アイドル系美青年』だからではないかと、モカは分析していた。

「朝から君の顔を見ることになるなんて、今日の僕の運勢は最悪らしいね」

「ふむ。それは申し訳ないことをした。配達が終わったなら、さっさと帰りたまえ」

甘楽の嫌味に、モカはつまらなさそうな目で、すげなく返す。

どうやらモカも、甘楽のことはあまり好きではないようだ。こうも毎回ライバル心を剥《む》き出しにされては、嫌になって当たり前かもしれない。

「言われなくても帰るけどさ。いい加減教えてくれない？　あんたと紅葉さんはどういう関係なんだ」

「顔を合わせるたびに尋ねられているが、同僚だと何度言えば気が済むんだ」

「信じられないからだよ！　紅葉さんに聞いたら、『松葉は、同じ職場で理不尽に耐えた、かけがえのないパートナーなの♡』と仰《おっしゃ》っていた！」

「あいつは……いらんことをペラペラと……っ」

モカが拳を握って怒り出す。まず間違いなく、ジリンは今の状況を面白がっているのだ。甘楽の淡い恋心を弄《もてあそ》ぶとは、さすが花魁《おいらん》時代に男心を手玉にとった悪女といったところか。

（あながち、ジリンの言ってることが間違ってるわけでもないってところが、厄介だよね）

美来が小さくため息をつくと、キリマもその足元で呆れたように甘楽と松葉を見ていた。

おそらく、同じ職場とは、かつてウバに神使《しんし》として使役されていた時代のことを言っているのだろう。不本意な契約のもと、ウバの手足として使われる日々は、ジリンやモカにとって理不尽であったはずだ。しかし、そんないかにも『過去に何かありました』というていで甘楽に話せば、彼がふたりの仲を疑うのも仕方がない。

「さあ言ってもらおうか。松葉と紅葉さんは、本当はどういう関係であるのかを！」

「頼むから、あいつの言うことを真に受けるな。大体、あいつはお前が思うような女じゃなくてだな。……甘楽？」

なんとか説得を試みようとしたモカが、ふと、首を傾げる。

美来もモカの声につられ、甘楽を見上げた。

彼は、モカを指差した状態で、ぴたりと動きを止めている。ぱかっと口を開いた格好で、完全に動きを停止していた。

よく見ると、目の焦点が合っていない。ぼんやりして、彼だけが時の流れから置いていかれたみたいになっている。

「か、甘楽さん？」

美来も声をかけた。すると彼はぎこちない仕草で首を動かし、松葉を見つめる。

「オマエハ、ドウシテ。松葉。オマエノ、正体ハ、ヒトデナク」

「――⁉」

美来たちはザワッと怖気《おぞけ》を感じた。しかし甘楽はすぐにハッと正気を取り戻し、辺りをキョロキョロと見回す。

「か、甘楽さん、どうしたんですか？　さっきもボーッとしてましたし、何か変なことを呟いていましたけど」

「あー、僕、なんか言ってた？　なんか最近そういうことが多いみたいでさ、ごめんね」

ぽりぽりと頭を掻《か》いて、甘楽が困惑の表情を浮かべる。

「実はさ、四日くらい前に祖父が亡くなったんだ」

「えっ、そうだったんですか？　ご愁傷様《しゅうしょうさま》です……四日前といえば、甘楽さんじゃなくて、オーナーさんがケーキの配達に来てくれましたね」

「うん。葬式に出席するために、久々に田舎《いなか》へ帰っていたんだ」

「へえ、甘楽さんの田舎ってどの辺にあるんですか？」

思えば、甘楽のプライベートを聞くのは初めてかもしれない。美来がなんとなく尋ねると、彼は苦笑いをした。

「東北だよ。周りには山しかなくて、いわゆる限界集落ってとこ。近所は高齢者しか住んでないし、病院もスーパーもコンビニもない。車がないと生活できないくらい、何もないところさ」

そう言って、甘楽は軽く肩をすくめる。

「ジイさんは母方の祖父なんだけど。……うち、あんまり家族仲が良くないんだよね。母さんもジイさんを嫌ってたし、田舎も遠いから、僕が高校に入学して寮生活になって以来、すっかり疎遠になっていたんだ。だから、四日前の葬式も質素なものだったよ～」

血が繋がってるのに薄情なものだね～と、甘楽は明るく笑った。しかしその表情には、『寂しい』という感情が見え隠れしていて、美来の心が僅かに痛む。

「その葬式から帰ってきてから、どうも体の調子が悪いんだ。だから、今日は午後から病院で診《み》てもらうつもりだったんだよ～」

「それで今日のお仕事はお昼までだったんですね」

納得した美来が呟くと、「そういうこと」と甘楽が頷く。

「なんかふとした拍子で気が抜けるっていうか。昨日なんか仕事中にプツッと記憶が途切れて、気づいたら倉庫の隅に座り込んでいたんだよ。オーナーが言うには、僕は意味不明なことをブツブツ言って、ウロウロ歩き回っていたらしい。それで、心配されたんだ」

「それは心配しますよ。私もすごく心配ですもん」

「ありがと～。美来ちゃんは優しいね」

甘楽がヘラッと笑みを浮かべる。そして、銀色の盆を片手で持って軽く振った。

「ま、あまり気にしないでよ。オーナーも、僕がおかしくなっちゃったのは、心労が溜まったせいじゃないかって言ってた」

「心労？」

美来が首を傾げる。なんというか、心労で体調を崩す甘楽というのが想像つかなかったのだ。決して悪い意味ではないのだが、甘楽のメンタルは図太そうな印象があるため、なおさらである。

「実は、スイーツコンテストが近いんだよね〜。それで新作ケーキの構想とか考えていてさ。ここ最近はずーっと試作続きなんだよ」

「へえ〜！　それは楽しみですね。甘楽さんのケーキ、本当に見た目が可愛くておいしいですもん」

「ふふ、でしょでしょ。今年も頑張るから期待しててよ。じゃあね〜」

甘楽が手を振って去っていく。

つい先ほどまでモカと言い合いをしていたが、すっかり忘れてしまった様子だ。彼は気分の切り替えが驚くほど早いのだろう。

「まったく、いつもながら騒がしい男だな」

モカがため息をついた。しかし、少し心配そうな目をして、甘楽の後ろ姿を見つめる。

「前から変わった男だと思っていたが、今日の甘楽は輪をかけて変だったな」

「そうだね。うん、すごく心配だよ」

モカの言葉に美来は頷く。我を忘れたかのようにボーッとしたかと思えば、おかしなことを口走る。スイーツコンテストを控えて心労がたたり、ストレスが溜まっているからではないかと甘楽は言っていたが、本当にそうなのだろうか。少なくとも美来は、心労であんな風になったことはない。

「まあ、私には想像もつかないくらい、コンテストのプレッシャーに悩んでいるのかもしれないね。甘楽さんはあまりマイナスの感情を顔に出さないからわからないけど」

「それは僕も思っていた。……祖父が亡くなっていたなんて、そんな雰囲気はみじんも出していなかったしな。少し驚いた。甘楽は、感情を隠すのがうまい人間なのだな」

「そうだね」

美来はモカに同意しながら、甘楽のことを考えた。

軟派《なんぱ》な性格で、いつも朗《ほが》らかで明るい甘楽。けれどもその笑顔の裏に、負の感情を隠していたら。そして、本当の気持ちを言える人が周りにひとりもいないのだとしたら。

それはとても寂しいことだ。

甘楽は祖父の葬式があった次の日――つまり、三日前も『ねこのふカフェ』に配達に来ている。

でも、何も感じなかった。彼は本当にいつも通りで、近しい人を亡くした雰囲気など、まったく出していなかったのだ。

おそらく、美来が事情を尋ねなければ、今日だってわからなかっただろう。

もしかしたら、甘楽という人間は美来が想像しているよりもずっと複雑な人間なのかもしれない。

「美来、店に戻ろう」

キリマが声をかける。物思いにふけっていた美来は我に返り「うん」と頷いた。

その時、タタッと複数の足音が聞こえる。

それは明らかに人間の足音ではなく、複数の動物を思わせる音だ。

美来は振り向く。するとそこには――

「なっ、なんだ⁉」

モカが驚愕の声を上げた。キリマが一気に臨戦態勢となり、毛を逆立てる。

『ねこのふカフェ』の周りには、いつの間にか犬の群れが立ちはだかっていた。

「ニャアアアッ！」

空から、中年男性のような野太いダミ声が響く。

「ウバ⁉」

美来が空を見上げると、ウバが二階の窓よりジャンプしていた。

巨体が勢いよく地面に降り立ち、ドスンと地響きを立てる。彼女に一歩遅れる形で、同じく二階から飛び降りたジリンが、音もなく着地した。

「突然、邪気を感じたのじゃ。うぬらは何者かっ」

白くふわふわした毛はふくらみ、尻尾をまっすぐに立てて威嚇《いかく》するウバ。

美来がゆっくり後ずさると、彼女を守るようにキリマが前に立ち「フーッ」と声を出して犬たちを牽制《けんせい》した。

犬の数は十匹以上はいる。これだけでも異様な光景だ。しかし、それ以上に犬の群れを異常たらしめていたのは、その姿だった。

全員、黒い。だが、毛並みが黒いのではない。

まるでたっぷりのヘドロを被った如《ごと》き姿なのだ。ヘドロは犬の背で波打ち、跳ねて、地面にぽたぽた落ちている。

目は揃って白く、黒目がなかった。

明らかに不気味であり――普通の犬ではない。

「そなたらの姿……まさか……」

ウバが犬の群れを睨みながら呟いた。すると、犬たちは統率の取れた動きで、群れをふたつに分ける。その間から、一匹の大型犬が近づいてきた。

（いや、違う。あれは犬じゃない）

姿はとても似ているが、犬とは違う野性味の溢れた顔つきをしていた。ギラギラときらめく金色の瞳は、まっすぐにこちらを見据えている。

美来は一瞬、シベリアンハスキーかと思った。だが、違うのだ。あれは――

「狼……だよね」

スラリとした体躯。しなやかで力強い足。針金のように硬そうな白銀《はくぎん》の毛並み。鋼《はがね》を思わせる雄々《おお》しい姿に、美来はつい釘付けになった。

なんて美しい姿をした生き物だろう。

「格好いい、ね」

美来がぽろっと呟くと、足元でキリマがギョッとした顔をした。

「ちょっ、美来……」

「儂《わし》らは、ようやくここに安息の地を得た」

非難の声を上げようとしたキリマが、ザワッと毛を震わせる。美来も驚いた。

——狼が、言葉を話したのだ。

「猫どもよ。これよりこの街は、儂らの領域とする。邪魔することは、儂が許さぬ」

低く、耳通りの良い透き通った声。

言葉を話す狼と、泥を被ったような黒犬の群れ。彼らが動物でなく、ウバたちと同じ『あやかし』であることはすぐにわかった。

「あんた、何を言っているのよ？　新参者が偉そうにしてるんじゃないわよ」

ジリンが耳をピンと立てて、オレンジ色の瞳を光らせながら怒り出す。

「大体そなたらは何者じゃ。『化け犬』ということはわかる。じゃが、勝手にわらわたちのナワバリに土足で踏み入り、領域宣言とは、さすがに無礼がすぎるのではないか？」

ウバの白金《はくきん》の毛がふわふわと波打ち、美しく輝き出す。それはウバの本当の姿だ。見た目はでぶ猫なのに、やけに神々《こうごう》しく見えるのは、彼女が正真正銘の神様だからである。

「名乗られよ。邪気を放つもの。化け犬」

「フン。ぬしが、かつて悪さする化け猫どもを退治し、人の世を守っていたという猫神か」

狼が静かに呟いた。そして、ウバと同じ金色の瞳で、彼女を睨む。

「哀れなものよ。今ではすっかり神の力も衰《おとろ》えておると見える」
ハ、と狼が笑い、鋭い牙のある口を開けて、赤く長い舌を伸ばした。
「今の世は、守りがいがないだろう？　化け猫どもはすっかりなりを潜《ひそ》め、人は神への信仰を失い、人間どもの新たな信仰対象は『貨幣』という俗物に成り下がった」

「……そなた……」

人間に対する明らかな侮蔑《ぶべつ》に、ウバがうわずった声を出す。

美来は俯《うつむ》いた。狼の言っていることは、ある意味では正しい。今も昔も、貨幣は人間にとって大切なもののひとつだ。しかしそれを信仰と言われると、否定したくなる。

「まあ、それほど平和になったということでもある。鬼や妖怪などの脅威のない世界が今の世よ。ぬしの爪も牙も、すっかりなまっていようて。儂《わし》と違ってな」

「なんじゃとっ！」

ウバが「フーッ」と威嚇《いかく》の声を上げて怒り出した。カカ、と狼は笑う。

「数日、ぬしらを見ていたぞ。なんとまあ情けない。同じあやかしとして恥ずかしいくらいだ」

狼はそう言って、ウバやジリン、そしてキリマとモカを順番に見た。

「こんな見世物小屋で、人間どもに媚《こ》びを売り、餌をせびり、滑稽《こっけい》な芸を見せる日々。カカ、化け猫どもは道化に成り下がったのだと呆れたものよ」

「ワオーン、ワオーンッ！」

「ワウッ、ワウ」

狼に同調するように、黒い犬たちが鳴き始めた。

化け猫たちは明らかに気分を害した様子で、彼らを睨みつける。

「よいよい、ぬしら。そう嗤《わら》うものではない。これも時代の流れというものよ。所詮無力な猫どもは、人間に媚びるしか生き延びる術《すべ》がなかったのだ」

「てめえ……犬コロのくせに好き放題言いやがって。猫カフェで働いているのは、ちゃんと理由があるんだ。好きで見世物になってるわけじゃねえよ」

キリマがやけにドスの効いた声を出して、狼に詰め寄る。

「キ、キリマ、ちょっと怖いよ、口も悪いし」

美来がたしなめるが、あやかしの犬猫はどちらも話を聞いてくれない。

「真実を口にしておるだけよ。だがな、儂はぬしらを嘲《あざけ》るつもりはない。これからもそうやって、屋内でぬくぬく生きていればよい。ぬしらが屋外にさえ出ぬのなら、儂らは決して手出しせぬ」

「なんだそれは。僕らが外に出たらどうするというんだ？」

人の姿を取っているモカが、ジャリッと靴の音を鳴らした。すると狼はギラリと金の目を光らせる。

「今日よりこの街は、儂らの領域。ナワバリに前足一本でも侵入すれば、こやつらが牙を剥《む》こう。その柔《やわ》な喉元に食らいつかれたくなければ、大人しく見世物小屋で道化をしていることだな」

「なんですって……！」

ジリンがクワッと目を見開き、尻尾をピンと立てた。人前では隠している二股の尻尾から、ビリビリと光が迸《ほとばし》る。

狼は化け猫たちを一瞥《いちべつ》してから、フイと顔を背けた。

「こたびは警告だ。次はない」

彼が後ろを向いて歩き始めると、周りにいた黒い犬たちも続く。彼らは脅《おど》しをかけるようにうなり声を立て、睨みを効かせながら、ゆっくりした足取りで去っていこうとする。

「待つがよい！　そなたは、なぜこんなことをする。そなたと、そこの犬どもは……」

ウバが前に飛び出し、慌てて声をかけた。すると狼は、チラと横目でウバを見る。

「――言ったところで理解できまい。ぬるま湯に浸《つ》かったぬしではな」

吐き捨てるみたいに言って、今度こそ狼は去った。犬の群れは風の如《ごと》き勢いで走り去り、化け猫たちは唖然と立ち尽くす。

「不躾《ぶしつけ》かつ無礼な連中だったたな。だから犬は嫌いなんだ」

モカがボソッと悪態をついた。ジリンがモカの足元でぴょんぴょん跳ねて、二股の尻尾を交互にバタバタ振る。

「本当よ。信じられない〜っ！　真っ向から喧嘩《けんか》売ってきたわよね。全力で買うわよ！」

「まったく、あやつらは、この街で何をするつもりなのじゃ」

ウバが呆れた口調で呟いた。そしてヤレヤレと首を横に振る。

「目的はわからぬが、悪さをするようなら、放ってはおけぬ」

「そうだね。まさかあんな犬や狼が現れるなんて、想像もしなかったけれど……」

美来は戸惑いが隠せない顔で辺りを見回した。もう犬の姿は影も見えないが、これからは、ウバたちが外に出るたび、襲いかかってくるのだろうか。

それにあの狼は『この街を領域にする』と宣言した。ナワバリを守るとも口にした。それはどのレベルでの話なのか。当然の話として、この街では犬も猫もペットとして生活しているし、野良猫もいる。野良犬は少ないかもしれないけれど、いないとは限らない。

すべてに牙を剥《む》くつもりなら、放っておくことはできない。

「大変なことになっちゃったね……」

ため息まじりに呟き、美来は足元を見た。キリマがずっと黙っているので、気になったのだ。

「キリマ……えっ、キリマ!?」

なんと美来の足元では、キリマが黒い霧《きり》をまとって前方を睨んでいた。

その姿はおどろおどろしく、アイスブルーの瞳もギラギラした光を放っている。

「あいつら、なめやがって、次に会ったら問答無用で呪ってやる……」

「キリマー！　ちょっと落ち着いて！　すっごい怖いことになってるよ！」

美来は必死にキリマに訴えた。しかし彼の体から迸《ほとばし》る黒い霧は、とどまるどころか、むしろ範囲を広げている。

「キリマの本性は鬼だからな。そりゃ、軟弱だ無力だと馬鹿にされたら怒るだろう」

「冷静に言わないでよ、モカ！　もう、みんなもキリマを止めてよ！」

腕を組んで淡々と言うモカを非難しつつ、美来はウバたちにも声をかけた。

「そう言われてもねえ。今やキリマは、すっかりウバから鬼の力を返してもらっているわ。彼が本気で怒ったら、正直あたしたちはお手上げね」

「ええっ、キリマってそんなに強かったの？」

「まあ、わらわの神の力をもってすればキリマの力も抑えられるじゃろうが、その時には『ねこのふカフェ』が跡形もなく消え去るかもしれんのう……」

「や、やめてよ！　もう、キリマったら、落ち着いて！」

美来は慌ててキリマの体を抱き上げた。すると、黒い霧はしゅんと消えて、爛々《らんらん》と光っていた目も元に戻る。

ようやく治まったかと、美来はホッとした。

しかしそこで、低いキリマの声がかけられる。

「……美来」

「へ？」

やけに怖い声だったので、美来は首を傾げた。するとキリマはグワッと美来に顔を向けて「ニャーッ！」と怒り出す。

「さっきのはなんだよ！　あの狼野郎に格好いいとか！　美来は結局のところ誰が一番好きで、格好いいと思っているんだ！」

「えぇーっ⁉」

まさかあんな呟きを覚えていたとは。キリマの嫉妬《しっと》心は恐ろしい。

美来はすっかりタジタジになって、キリマを抱きしめたまま助けを求めるように周りを見た。しかしウバたちは「ヤレヤレ」と言いながら店の中に入っていくところだ。

「ちょっと、助けてよ！」

「男女の痴話喧嘩《ちわげんか》に横やりを入れるほど無粋なものはない。ま、頑張ってくれたまえ」

モカが大変薄情なことを言う。

「美来。今度こそちゃんと答えてもらうぞ！　正直に言ってほしい。美来はやっぱり動物ならなんでもいいのか⁉」

「えっ、えっと、そりゃ、動物は等しく好きだけど……っ」

「猫派なのか犬派なのか、そこんとこもはっきり答えてくれ！」

「派閥も⁉　い、いや〜どっちも」

好きだけど……と呟きそうになって、慌てて言葉を呑み込む。今それを口にしたら、キリマは本気で怒りそうだ。

しかし嘘をつくわけにもいかず、美来はほとほとまいってしまう。

「キリマ〜、機嫌直してよ。私はキリマが一番格好いいと思ってるよ。でも、相手が動物である以上、どうしても目が向いちゃう時もあるんだよ。だってほら、ライオンだってインパラだって格好いいじゃない」

「俺は美来しか可愛いって思わないっ」

「うっ、そ、それは、嬉しいけど……」

どう言えばいいのか。美来が心底困った顔をしていると、キリマは「ウーッ」と唸って、前を睨んだ。

「いいさ。それならわからせてやる。あの狼野郎より俺のほうが強いってことを！」

「ええ？　私はあんまり、争いごとをするキリマは見たくないよ……」

何より、キリマが誰かと喧嘩《けんか》して怪我をするのも嫌だし、誰かを傷つけるキリマも見たくない。

しょげかえっていると、キリマはそんな美来を見上げた。

――そして、酷く切ない目をする。耳をぺたんと寝かせて、今にも泣き出しそうな、悲しい顔。

次の瞬間、彼は美来の腕からひょいと飛び降りた。

続けて脱兎の如《ごと》く、家に向かって走っていく。

「美来のバカー！」

そんな捨て台詞《ぜりふ》と共に。

「キ、キリマ……」

美来は途方に暮れて立ち尽くした。本当にどうしたらいいんだろう。

キリマは格好いいと思う。猫の中でも最高に素敵で優しい、大好きな猫だ。

しかし、犬も好きだし、狼の凛《りん》とした姿にも見入ってしまうし、動物番組を見れば、サバンナで雄々《おお》しく生きる野生動物たちに感動することもある。

「わ、私……もしかして、節操ない……の？」

自分で言って、ガーンとショックを受けた。しかし、いろんな動物を好きになってしまうのは事実で、きっとハムスターやウサギを見ても可愛いと思うし、文鳥やスズメも好きだし、なんなら魚類も好きだ。

「え、ええ～。どうしよう。だってサメも格好いいし、亀は可愛いし、コウテイペンギンだって……」

どうしたらいいのだ。どうすればキリマが一番好きなのだと信じてもらうことができる？

美来は腕を組み、深刻に悩み始めた。

すると、『ねこのふカフェ』のほうから「ニャフフフ」と不遜な笑い声が聞こえる。美来がハッと視線を上げると、ジリンとウバが、こちらをジッと見ていた。ウバは呆れ顔だが、ジリンはニマニマ笑っている。笑い声を出したのは、ジリンだ。

「悪趣味！　見ていたなら、助け舟くらい出してくれてもいいでしょ！」

美来が怒り出すと、ジリンは「ニャン」と可愛く鳴いて、ピューッと逃げていった。ウバは「ほどほどにな……」と呟き、のそのそとカフェに戻っていく。

まったく勝手な猫たちだ。美来はため息をついて、空を仰《あお》ぐ。

雲ひとつない、爽やかな秋晴れだ。普段なら心を和《なご》ませたところである。

しかし、今の美来の心は、不安にざわついていた。

『この街は、儂《わし》らの領域とする』

そう宣言したあの狼と犬たちが、この街で何をしようとしているのか。まったく想像がつかなかった。

あやかしの狼と犬が化け猫たちに『警告』してから、一週間が経った。

あれ以来、街の雰囲気は異様に変貌している。

「これだけ保健所の人たちが走り回って、一匹も捕まらないなんてね～」

ソファに座って地元の新聞を読んでいた花代子が困ったように言った。

時刻は夜の十時。『ねこのふカフェ』の営業時間はとっくの昔に過ぎており、夕飯も食べ終えて、順番で風呂に入る時間だ。

「まだ一匹も？」

同じくソファに座っている美来が驚きの声を上げた。ちなみに、花代子と美来の間にはクロタが伏せの状態で寝そべり、くつろいでいる。

花代子は「ええ」と頷いて、新聞紙を美来に渡した。

「なになに。野良犬の目撃報告があとを絶たず、保健所は夜間のパトロールも強化したが、未だ一匹も捕獲できず……本当だ」

そういえば数日前から野良犬の姿をあちこちで見かけると、近所の住人が世間話で言っていた。実際、保健所の人間は街を闊歩《かっぽ》する野良犬の報告を受けているそうだ。そのたび、犬を捕獲しようと追いかけているものの、まったく捕まえることができずにいると聞いている。

罠をしかけたりと、工夫も凝《こ》らしているようだが、成果は出ていない。まるで人間を翻弄《ほんろう》するように、犬を目撃する声は増え続けている。

小学校などでは、野良犬を見かけても近づかないようにと、児童や保護者に注意を促《うなが》しているのだとか。

「ちょっと怖いね」

美来がそう呟いた時、外で『ウォォーン』と、犬の遠吠えが聞こえた。

「ああ、また犬の遠吠えだ」

風呂上がりの源郎がリビングに入ってきて、げんなりした様子で窓を開ける。

『オォォーン』

『ウォォー』

最初の声に呼応するみたいに、あちこちから犬の遠吠えが聞こえてきた。

「この遠吠え、毎日聞こえるようになったな」

「犬を飼っているご近所さんが困っていたわよ。すっかり飼い犬が怖がっているって」

「ペットの犬は、何か異変を感じているのかもしれないね。そういえば、クロタは怯えているの？　私が見る限りじゃ、そんな様子はないけれど」

クロタの頭を撫でながら美来が尋ねると、源郎は窓を閉めて顎《あご》をさする。

「いや、クロタはまったく動じてないぞ。今だって、遠吠えを聞いても素知らぬ顔をしているだろ。普段もこんな感じだ」

「クロタちゃんは肝が据わってるのかもしれないわね」

ふふ、と花代子が笑って、クロタの背中を撫でた。

「くぅん、わふ」

ふたりに撫でられて嬉しいのか、クロタは顔を上げて目を閉じ、尻尾を振る。

「はあ、クロタは可愛いねえ。撫でがいがあるというか、この大きさと毛並みのフカフカ感がたまらないよ～」

「怪我もすっかり治ってよかったわ。今度病院に行ったら、包帯を取ってもらいましょうね」

肉厚の耳を指で撫でて、花代子が言う。

「皮膚炎だったところも、軟膏《なんこう》のおかげで治ってきたし、薄く毛も生えてきたね」

美来はクロタの腹を確かめる。源郎が拾ったばかりの時はなんとも痛々しい姿をしていたのに、今ではすっかり毛艶《けづや》も良くなっていた。

「ちゃんと治ったらシャンプーしましょうね。って、そういうのは源郎さんがしたいのかしら？」

くすくす笑いながら、花代子がチラと源郎を見る。すると源郎はそっぽを向いて口を尖らせた。

「べ、別に、俺だけで世話したいなんて思っていない。花代子のほうがシャンプーはうまいんだし、クロタも喜ぶだろ」

「素直じゃないなあ、お父さん」

思わず美来も笑ってしまう。気難しい源郎は不機嫌そうな顔になった。

「そういえばお父さん。クロタと散歩してるけど、時々遊んだりしているの？」

猫と違って、犬は毎日散歩させる必要がある。そして、適度な運動も良いと本に書いてあったのを美来は思い出したのだ。

「ああ、まあ。……本当に時々だけどな。クロタも喜ぶし」

「へー！　いいな。私もクロタと遊びたい！　どんなことをするの？」

美来が目を輝かせて尋ねると、源郎はポリポリと頬を掻《か》いた。

「別に、そんなに大したことはしてないぞ。お手とか、簡単な芸をやらせたり、ボールを投げて取ってこさせたり……」

「クロタ、お手するの⁉」

意気込む美来に、「お、おう」と源郎がたじろぐ。

「な、なんでそんなにテンション高めなんだよ、お前は」

「だって犬といえば芸じゃない。私もお手とかしたいもん。ボール遊びもしたいよ！　でも、クロタがそんなに色々やってくれるなんて思ってなかったんだよ」

クロタはいつも大人しいし、リビングで見かける時は寝てばかりだ。それに妙に落ち着いた雰囲気だから、はりきって遊んだり、芸をしたりする姿が想像できなかった。

「ああ。簡単な芸は最初から覚えていたぞ。待て、お手、おかわり、お座り。……あ、『待て』だけは、なぜか『ステイ』って言わないと反応しないな」

「そうなんだ。クロタ、ちょっと待っててね」

美来はソファから立ち上がり、戸棚からドッグフードを数粒取り出す。そして再びソファに戻って、クロタの目の前で一粒のドッグフードを手の平に載せた。

「クロタ。ステイ！」

命令すると、クロタはジッとドッグフードを見つめたまま、動きを止める。

（す、すごい。犬すごい。やっぱり賢い！）

猫ならこうはいかないだろう。化け猫はやるかもしれないけれど……いや、うちの化け猫は怪しい。芸達者だが、『ステイ』だけはできない予感がする。

「……よし」

しばらく待ってから美来が声をかけると、クロタはぺろりとドッグフードを舌で取って食べた。

花代子がクロタの頭を撫でて「えらいわねえ」と、感心した声を出す。

「こんなに賢いのは、やっぱり元飼い犬だったんでしょうね」

「そうだな。基本的な芸はちゃんと仕込まれているから、誰かが教えたのは間違いないだろう」

「保健所や、動物病院からの連絡は、まだ来ないの？」

「音沙汰《おとさた》なし、だな。迷い犬の捜索も、まったく聞いていないらしい」

源郎が顎《あご》を撫でて困った顔をした。

「いよいよ、もらい手がいないってことだね。……お手」

美来がまた命令すると、クロタは伏せの状態から体を上げてお座りし、前足を美来の手の平に載せる。

「ヤバイ……この子絶対いい子。最高だよ。可愛い！」

美来はわしわしとクロタの頭を撫でた。

「ワン、クゥン」

クロタはぱたぱたと尻尾を振って、喜びの感情を露わにする。心なしか表情も嬉しそうで、そのキュートさは天使級だ。

「ね、ねえ、もらい手がいないなら、うちの子にできないかな？」

もっとクロタと遊びたい。キリマは怒るかもしれないが、やっぱり犬もいい。

美来だってクロタを連れて散歩したいし、ボール遊びもしたい。ドッグランに連れて行っても楽しそうだ。美来が犬との生活に思いを馳せながら言うと、源郎と花代子は目を合わせた。

「そうねえ、元の飼い主が見つからないのなら、仕方ないのかしら」

「うむ。手は尽くしているつもりだが、それでもダメなら……」

ふたりがそう言ったところで、再び窓の向こうから犬の遠吠えがした。

さっきよりも近い。もしかしてこちらに向かっている？

美来がそんなことを思った時、リビングの扉がバターンと開いた。

「犬めの遠吠えが近づいてきたぞー！　皆の者、であえであえー！」

現れたのはウバだ。彼女に続いてジリンとモカ、キリマが入ってくる。そしてエメ、コナ、ブルーまでがちょろちょろついてきた。

「やつら、いい度胸だな。今夜の決戦場は『ねこのふカフェ』前だとさ」

後ろ足で立ったキリマが、ボクシングをするかのように、シュッシュッと前足でジャブを打っている。

「厚顔無恥もいいところだわ。今日こそ決着をつけてやるんだから」

二股に分かれた尻尾をピンと立てて、ジリンが好戦的な笑みを浮かべた。

「決戦のためにやつらのねぐらをつきとめるんだ。一番近い遠吠えは、東の方向に向かって半里といったところだな。昨日もねぐらをひとつ潰したし、化け犬どもが大きな顔をしていられるのも今のうちだろう。迅速に、確実に結果を出していくのが勝利の道だ」

モカが冷静な口調で言うと、ウバが「うむっ」と勢い良く頷く。そしてキッチンカウンターの上に飛び乗り、カッと金色の目を光らせる。

「よいか、皆の者。これは戦《いくさ》じゃ。化け猫と化け犬の天下を分かつ合戦なのだ。やつらにわらわたちの居場所を奪われるな。この街は、わらわたちのものである！」

「おぉっ！」

化け猫たちは並んで一致団結した。その周りでは、まるでウバたちを応援しているかの如《ごと》く、子猫たちが「みゃーみゃー」と鳴きながら、うろうろと走り回っている。

「行くぞ者ども！　いざゆかん、熱き戦場《いくさば》へ！」

ニャーッとウバが気合を入れて、キリマたちは「ウニャー！」と喚声を上げた。そして鼻息荒く、勇んでキッチンの裏口に向かって走っていく。

その様子を、ハラハラした様子で見守っていたのは美来だ。

「ちょっ、ちょっと……あなたたち！」

慌てて裏口から外に出て、表通りに向かって走る。

暗闇に染まった細い路地。紅葉の季節だが、通りに並ぶ街路樹は真っ黒で、どこか恐ろしい雰囲気に包まれていた。

ぼんやりと灯る街灯の下、歩道の真ん中に、黒い小さな姿がある。

美来に背を向ける黒猫は、キリマだ。ウバたちの姿はすでにない。

「キリマ、あなたたちは毎日遠吠えが聞こえるたびに出かけていって、遅くに帰ってくるけど、ずっとあの犬たちと戦っているの？　だめだよ、危ないよ。私はみんなに争ってもらいたくない」

拳を握って、必死に説得した。しかしキリマは後ろを向いたままゆっくりと首を横に振る。

「止めてくれるな美来。これは避けられない戦いなんだ」

「でも、きっと争わなくて済む方法があるはずだよ。あの狼や犬たちには、きっと何か事情があるんだと思う」

「…………」

キリマの尻尾がしゅんと下がった。力なく俯《うつむ》き、小さく「ニャー」と鳴く。

「俺が、勝ちたいんだ」

「キリマ?」

「俺があいつらに負けたくないんだ。ウバも言っていただろ。これは天下分け目の戦いなんだ。俺たちが負けたら、この街に住む動物はみんなあの狼野郎に支配されちまう」

キリマは何かを決心したように顔を上げて、前を向いた。

「ここは俺がようやく見つけた安息の地なんだ。誰にも……邪魔はさせない!」

そう啖呵《たんか》を切ると、キリマは地面を蹴って走り出す。

「キリマ!」

美来が大声で呼ぶも、キリマはもう足を止めない。猫の足は速く、あっという間に美来は彼の姿を見失ってしまった。

「キリマ……天下分け目の戦いって……。ここ、ただの街だよ。あと、この街は別にウバたちのものじゃないよ……」

はぁっとため息をついて、がっくり肩を落とす。

「なんだか、ウバたちがはりきってるせいで、余計に事態がややこしくなっている気がする」

美来は家に戻って、クロタが寝そべるソファに座り直した。そしてチラ、とローテーブルに置いた読みかけの新聞に目を向ける。すると、三面記事の端に『連日、夜中に犬と猫が争っているとの目撃情報が多数報告されている。もし見つけたら決して近づかず、すみやかに保健所へ連絡されたし』と書かれていた。

「……滅茶苦茶見られているじゃない」

喧嘩《けんか》しているところを保健所に捕まえられて、猫たちを引き取りに行くなんて絶対嫌だ。間違いなく飼い主の監督不行届だと注意されるだろう。

けれども、今やウバたちは美来の説得になど耳を傾けてくれない。

「どうしたらいいのかな……」

大体、どうしてこんなことになってしまったのだと、美来は重いため息をついた。

美来が心配していたように、戦いの火蓋《ひぶた》は切って落とされる。

今宵《こよい》の戦場はキリマが言っていた通り、『ねこのふカフェ』の前。心配して家の前に出た美来の目の前では、一触即発な雰囲気を醸《かも》し出す犬と猫が睨み合っていた。

空を見上げても、辺りを照らす月はない。新月の夜空には薄雲がかかっているのか、星も見えなかった。

『ねこのふカフェ』の玄関を真ん中に、対峙するウバたちと、狼と黒犬の群れ。

「ウフフ、今宵《こよい》は血を見ることになりそうね」

一際好戦的なジリンが、ヒゲを揺らしてニヤリと笑う。

美来の止める声は誰にも届かない。

なぜこんな争いが起きてしまったのか。その経緯を思い出していた美来は、ハッと我に返る。

中型犬の体躯は、猫からしてみれば倍以上だ。それが十匹ほどもいて、更にリーダー格の狼は、シベリアンハスキーを思わせるくらい体が大きかった。

そんな狼と犬に、果敢に戦いを挑む化け猫たち。

「だめだよ……やめて。喧嘩《けんか》なんてしたらだめ。お願いだから、やめて」

大切な飼い猫たち、可愛いキリマに傷ついてもらいたくない。美来はカフェの玄関で立ち尽くし、目の前の悲惨な情景を見つめる。

しかし——

「くらえっ、猫神びぃぃーむ!!」

「ワオウッ！　キャヒン！」

「待って、なんでウバの目から光線が出ているの？」

思わず美来は真顔でツッコミを入れた。謎のビームを当てられた黒犬たちは、まぶしさに目がやられたのか「キャンキャン」と鳴いてたじろいでいる。

そこに、屋根まで移動したらしいモカが、弾丸のように飛んできた。

「必殺、毒霧爆弾！」

「キャフッ、ギャフッ、ワッ、ブシュン！」

モカが犬の群れの中に落ちた途端、彼の周りにバフッと煙幕らしきものが立ちこめる。犬たちは目からぽろぽろ涙を流し、鼻を震わせてはくしゃみを連発した。

美来の鼻にも刺激の強い匂いが漂《ただよ》ってきて「ヘックシュ！」と盛大なくしゃみをしてしまう。

「なにこれっ、もしかして、胡椒《こしょう》!?」

鼻を押さえつつ美来が言う。嗅《か》ぎ慣れたこの匂いは間違いなく胡椒だ。モカは自分の胴に胡椒の瓶をくくりつけて屋根から飛んできたのだろう。

ということは……その胡椒の瓶は……

「う、うちの胡椒《こしょう》じゃない⁉　こら、モカ！」

店の備品を勝手に使うなと怒る。しかし、当然ながら犬も猫も聞いてくれない。

「ウフフ〜ン、みんな、あたしの虜《とりこ》になっちゃいなさ〜い」

少し離れたところからジリンの声が聞こえた。まだ胡椒の匂いが強く残っていて、美来は鼻を両手で押さえたままそちらを見る。

すると、街路樹の枝に乗っていたジリンが、ゆらゆらと二股の尻尾を揺らしていた。その先端は仄《ほの》かに赤く光っていて、それを五匹くらいの犬がぼんやりした様子で見上げている。

「あ、あれは……もしかして、魅了の術ってやつ……？」

ジリンは猫又だ。彼女は化け猫としてあらゆるものを魅了するという能力に長《た》けているらしい。その効果は絶大なようで、犬たちはすっかり大人しくなって、お座りをしていた。

「あたしはあなたたちのマタタビよ。その身も心も甘く蕩《とろ》かせてあ、げ、る」

バチーンとジリンがウィンクをした途端、犬たちはパタパタッと倒れてしまう。なんという恐ろしい能力を持っているのかと、美来は驚愕する。

江戸時代には、あの魅了の技を使って人間社会を混乱に陥《おとしい》れていたという話が、ようやく心から納得できた気分だ。確かにあんな風に人間を魅了していたら、ウバに成敗されて当然である。

そんなジリンがいる木の枝が激しくしなった。ドンッと音を立てて細い枝に飛び乗ったのは――

「猫又ふぜいが調子に乗るな」

黒い犬たちを従えている、美しくも凛《りん》とした雰囲気を持つ狼。

狼はその大きな口を開き、ジリンに噛みつこうとする。彼女は持ち前の身軽さでひょいっと避けた。狼の勢いは止まらず、そのままガブッと木の枝に食らいつく。

その狼の姿を、ジリンが馬鹿にしたように笑う。

「あらあら残念。それとも木が食べたかったの？　ニャハハッ、狼ふぜいは木が好物だったのね」

だが、狼は枝に噛みついたままジロリとジリンを見上げた。そして、バキンとすさまじい音が鳴る。

「ジリン！」

美来は慌てて声を上げた。狼が食らいついた枝を噛みちぎったのだ。牙の鋭さに加えて相当顎《あご》が強くないと、太い枝など噛みちぎることはできない。あんな口でジリンに噛みついていたらと思うと、背筋がゾッと寒くなった。

枝と共にジリンが落ちる。その下には、すっかり魅了の術から解かれた黒い犬たちが、大きな口を開いて待ち受けていて——

「させるかっ！」

その時、キリマが黒い弾丸のように飛んできた。

空中でジリンの首根っこをくわえると、そのまま犬たちを越えて地面に着地する。

「フォローありがと、キリマ！」

「ジリンは油断しすぎだ。まったく」

礼を述べたジリンに、キリマは呆れた顔をした。そして、キッと前を睨む。

「狼野郎……。てめえは俺がぶっ倒す」

尻尾と耳をピンと立てて、四肢を踏ん張り、キリマが威嚇《いかく》の体勢を取る。

地面に降りた狼は、噛みちぎった枝を口にしていた。それを、ポイと吐き捨てる。

「フン。この時代において、鬼なんてものを見ることになるとはな。とっくに滅びたと思っていたぞ」

「俺も、化け犬を見ることになるとは思わなかったさ。てめえがこの街に居座るのは絶対に認めない。彼岸《ひがん》の先で隠居してろ」

ウウ、ゥゥ。

低いうなり声。キリマの体に、黒い霧《きり》が立ちこめた。それは彼の鬼としての力――死病を振りまく、呪いの力だ。

「キリマ！」

美来が叫ぶと、それを合図にしたようにキリマが地面を蹴り上げた。犬たちはキリマが放つ呪いに翻弄《ほんろう》されて立ち往生する。だが、狼に呪いは効かない様子だ。彼はその巨大な体躯でキリマに襲いかかり、鋭い牙を光らせる。

「だめ、やめてよ。キリマー！」

美来が懸命に声をかけていると、遠くから車の音が近づいてきた。

「ヤバい。保健所のやつらだ！」

「むむっ、今宵《こよい》はここまでか」

モカの呼びかけに、ウバが苦々しい表情を浮かべた。狼や犬たちも、保健所に捕まるわけにはいかないのか、一斉に動きを止める。

そして狼とウバは刹那《せつな》、目を合わせた。

「次こそ決着をつけようぞ。そなたらの目的が何かは知らぬが、この街に住む動物たちをいたずらに怯えさせるのは、わらわが許さん」

「……フン。どうせ、ぬしに儂《わし》らは捕まえられぬ。文字通り、我々は『影』なのだ。この体すらまやかしよ。ぬしにはわかるまい」

ギラギラと睨み合ったあと、狼は「ワオーン！」と一際大きな遠吠えを上げた。すると犬たちは統率された軍隊の如《ごと》く列をなし、闇の落ちた歩道の先へ走り去っていく。

「うわっ！」

「な、なんだ！」

歩道で、保健所の人間と犬たちが鉢合わせした。しかし犬たちは、狼が口にした通り実体がないようだった。戸惑う保健所の人たちの間をすり抜けていく。

「我らも引くぞ。ほれ、美来。何をぼうっとしておる」

「え、あ……うん！」

美来は慌てて、ウバたちの後ろを追いかけた。

それにしても、連日あんな喧嘩《けんか》を繰り広げているのか。

（これは本格的に、どうにかしないといけないよね）

心の中でため息をつく。

そして、美来は決意した。こんな争いを毎日続けていたら、そのうち必ず怪我をするだろうし、何より近隣住民の迷惑である。毎日パトロールしてくれている保健所の人たちにも申し訳が立たない。

化け猫と関わっている以上、あやかしに関することは、美来たちでなんとかしないといけないのだ。

美来はむんと気合を入れて、明日はちゃんと皆で話し合おうと決めた。


次の日――

野良犬騒ぎが起きても、猫と犬の仁義なき戦いが繰り広げられていようとも、『ねこのふカフェ』の人気が衰《おとろ》えることはない。

ランチタイムが始まると同時に、猫目当ての客がこぞって入店して、美来と花代子は店内を駆け回る。源郎は厨房《ちゅうぼう》とカウンターを行ったり来たりして、ランチを出したりコーヒーを淹れたりする。

そして猫たちは――

「な、なんか、キリマくん……お疲れ？」

ランチに来たOL風の二人組が、心配そうに言う。キリマは彼女たちのテーブルに座った途端、力尽きたようにぐでんと横になってしまったのだ。

「ニャウ……ニャ……ニャハワアアア～ウゥゥ」

「ウバちゃんのあくび、迫力ありすぎ……」

客が呆れた声を出す。台座の上にのっしり座るウバが大きく口を開けて、巨体をブルブル震わせていた。そして、おざなりな様子でチョイチョイと前足を動かし、賽銭《さいせん》箱《ばこ》を叩く。

まったくやる気が感じられない。それでも賽銭をせがむところが、なんというかウバである。

美来は料理を二種類盆に載せて、ふたり席に向かった。

「おまたせしました。先に、ねこのふスペシャルランチのお客様はどちらでしょう」

「あ、私です」

女子大生風の若い女の子が手を上げた。美来はニッコリ笑顔でランチを置く。

（そういえば、モカの姿が見えないな）

カフェにいるのは間違いないのだが、キャットタワーにもカウンターにも姿を見かけない。

「こちらはニャンとパンケーキになります、ごゆっくりどうぞ」

美来はもうひとつの料理をテーブルに置いた。ランチの客と同世代らしき女性客は「ありがとう」とお礼を口にする。

そんな彼女の膝を見ると、モカが丸くなってスヤスヤ寝ていた。

（モ、モカ～!!）

美来は心の中で叫ぶ。さっきから姿が見えないと思ったら、ちゃっかり可愛い女の子の膝で惰眠《だみん》を貪《むさぼ》っていたのだ。

（絶対、モカって、人間だったら女好きのナンパ男だよね！）

彼も、過去には美青年の姿で数々の女性を籠絡《ろうらく》し、精を吸い取っていたのだという。生きるためだとモカは言っていたが、確実にそれだけではない。だってモカは、男性客に近づかない。彼が愛想を振りまくのは常に女性客だ。

(もう～！　猫じゃなかったらとっちめてやるのに！)

なんて露骨なのと、美来は唇を戦慄《わなな》かせた。しかしモカは至って幸せそうに、目を瞑《つぶ》って寝息を立てている。

「いいなぁ、あたしの膝にも来てほしいよ」

「えへへ～。モカくん独り占めだよ～」

モカのベッドになってしまった女性客はまんざらでもない様子だ。嬉しそうな顔をして、モカの背中を優しく撫でている。

「ニャウ～ン」

モカは甘えた声を出し、ピクピクッと耳を跳ねさせた。

「可愛いな～甘えん坊さんめ～！」

上機嫌の女性客を見て、美来は盆を持ったまま嘆息する。

(ほんと、猫って得だよね……)

げんなりしつつ、次にできた料理を他のテーブルに運ぶ。

だが、そんな中、ジリンだけはとても元気だった。

「ニャーン！」

「おっ、ジリンちゃん。今日も可愛いな」

ランチを食べていた男性客が手を差し出したところ、ジリンは近寄ってふんふんと匂いを嗅《か》ぎ、小さな舌でぺろっとひと舐めした。そして甘えるようにすり寄る。

「ニャァ～ン」

「あぁ～！　あざと可愛いなあ～！　店員さん、オヤツください！」

「はい。どのオヤツにしますか？　オモチャのレンタルもできますよ。ちなみに、ジリンはネズミのオモチャで遊ぶのが好きです」

すかさず美来が答えると、客は「オモチャのレンタルもします！」と即答した。

「ジリンちゃん、こっちにもオヤツあるよ～」

「ジリン～私のところにも来てくれないかな～」

「写真撮らせて、ジリンちゃん」

「ニャンニャン！」

客からペーストタイプのオヤツを貰っていたジリンは、あちこちから声をかけられて、『ちょっと待ってちょうだい。順番よ』と言わんばかりの様子で可愛く鳴いた。

（こっちはこっちで、よくやるよね……）

余裕の表情で複数の客の間を渡り歩いては愛想を売りまくるジリンを横目に、美来は肩をすくめた。ジリンは根っからの接客好きなのだろう。さすが元花魁《おいらん》と言おうか、サービス精神が半端ではない。猫又のくせに、ジリンのプロ意識は人間以上に高いのだ。

そして、惜しみなく可愛らしさを振りまくサービス精神の権化《ごんげ》は他にもいる。

「ミャーッ」

「ニャ、ニャー」

「はううう……エメちゃん、コナちゃん……なんて天使なのぉ～！」

台座でぐったり伸びているウバの近くでエメとコナが仰向《あおむ》けになっていた。パタパタと手足をばたつかせたり、ウバの真似をしているのか、みょーんと伸びをして、ぴこぴこと小さな尻尾を振ったりしている。

そんな愛くるしい子猫たちをかぶりつきで見ているのは中年の女性客。……近所の常連客だ。一方、キャットタワーがある絨毯《じゅうたん》敷きの場所では、スーツ姿の男性が正座をして、ブルーにオヤツをあげていた。

手の平に載せたカリカリを一心不乱に食べるブルーを見て、厳《いか》つい顔がすっかり蕩《とろ》けてしまっている。

「はあ、ブルーは癒《いや》しだね。午後の仕事も頑張れる……。君のために頑張れる……他には何もいらないよ……」

ブツブツ呟いている男性客に、美来は密かに同情した。社会人生活は何かとストレスが溜まるのだろう。猫で存分に癒されてほしい。子猫はいたずらが多くて手を焼く時もあるけれど、基本的に癒しの存在だ。何をやっても可愛いのである。

ウバとモカとキリマはずっとやる気を見せることはなかったが、ジリンと子猫たちのおかげでなんとか今日のランチタイムを乗り切れそうだ。

「あれ、美来。まだケーキが来てないぞ」

「ええっ⁉」

安堵したのもつかの間、冷蔵庫を開けた源郎が声を上げる。

「てっきりモーニングの時間に、お父さんが甘楽さんからケーキを受け取ったんだと思っていたよ」

「俺は、美来が甘楽から受け取っているだろうとばかり」

困ったな、と源郎が頭を掻《か》く。

ケーキの配達は、定休日以外は毎日欠かさず行われていた。基本的には甘楽が担当しているが、彼が休みの時はオーナーが直接持ってきてくれる。

しかし今日は、そのどちらも来ていない。源郎と美来の話を聞いていた花代子が、すぐさまポケットからスマートフォンを取り出し、ケーキ屋に電話をかけた。

「いつもお世話になっております。『ねこのふカフェ』の鹿嶋ですが、今日のケーキの配達はお休みですか？……え、そうですか。はい、わかりました。探してみますね」

通話を終えてスマートフォンをポケットに仕舞う花代子に、美来が尋ねる。

「ケーキ屋さん、なんて言っていたの？」

「それがねえ、午前中にはもう甘楽さんが配達に出ているんですって。なのにまだ帰ってこないから、オーナーさんも心配していたわよ。最近上の空なことが多いし、大丈夫かなって」

普段はあまり困った表情をしない花代子だが、さすがに甘楽の身を案じているのだろう。眉間に皺を寄せて、困惑顔をしている。

「甘楽さんが……つまり、行方不明ってこと？」

美来は声を潜《ひそ》めた。

ふと、思い出すのは数日前の出来事。そしてケーキの配達に来てくれた甘楽の様子だ。

あの日の彼は、会話している時はいつも通りだったのに、時々虚空を見つめたり、意味不明なことをブツブツ呟いたりしていた。

あの日から昨日まで、甘楽は毎日欠かさずケーキの配達に来てくれていた。でも、特におかしいところはなかったはず。一言二言会話して、ケーキを受け取るだけだった。

しかし、美来の知らないところで、甘楽が着実に病《や》んでいたのだとしたら。

『甘楽は、感情を隠すのがうまい人間なのだな』

モカが以前言っていた言葉が浮かぶ。そうだ。すっかり失念していたけれど、彼はそういうところがあるのだ。不安を顔に出さない。辛くても弱音を吐かない。そうしてどんどん自分を追い詰め――今、彼はどこにいるのだろう。

「大変！　お母さんごめん。私、ちょっと探してくるね！」

『ねこのふカフェ』のエプロンを脱いで花代子に押しつけ、美来は店の外に駆け出す。

「美来！」

営業時間中だというのに、思わずといった様子でキリマが叫んだ。客の何人かが「今の声、誰？」とキョロキョロ辺りを見回す。

「キリマ！」

美来が振り返ると、店の外に出たキリマが美来の近くまで走り寄ってきた。

「俺も行く。美来をひとりにするのは、心配だから」

「キリマ……うん！」

彼の気持ちに心が温かくなって、美来は大きく頷いた。

「犬コロほどじゃないけど、俺も人間よりは鼻が利く。まずはケーキ屋に行ってから、甘楽の匂いを辿ろう」

「そうだね。お願いするよ」

頼もしい助太刀だ。美来はキリマを抱き上げて、ケーキ屋へ駆けていった。

甘楽がパティシエとして勤める、街で人気のケーキショップ『シュシュ・オーンジュ』。

ガラス窓から店内を覗いてみると、数人の女性客がケーキを選び、オーナーらしきパティシェの男性が対応している。今日も盛況のようだ。

だが、そこにはやはり、甘楽の姿はなかった。厨房《ちゅうぼう》にいる可能性は低いだろう。

「キリマ、甘楽さんの匂い、わかるかな」

アスファルトの敷かれた歩道にキリマを降ろす。彼はフンフンと鼻をひくつかせて辺りをうろつき、やがて尻尾をピンと立てて美来に顔を向けた。

「ある！　甘楽の匂いだ」

「本当に⁉　辿れそう？」

「やってみる。こっちだ」

キリマが歩道を走り出す。美来も彼の後を追った。『ねこのふカフェ』に向かう方角だ。

「やっぱり甘楽さん、『ねこのふカフェ』に向かっていたんだね」

「そうみたいだな。でも、店の前で匂いはしなかったぞ」

地面を嗅《か》いで歩きつつ、キリマが言う。

「ということは、途中で道を変えた……寄り道したってこと？」

美来は首を傾げる。寄り道自体は別段おかしくはない。仕事中に寄り道するのはいかがなものかとは思うけれど。

しかし甘楽はその時、ケーキの入った、ステンレスの蓋がついた大きな盆を持って歩いていたはず。そんな状態で寄り道なんてするだろうか。

疑問を感じながら、美来はキリマを追って走っていく。

やがて辿り着いたのは――

「ここだ。この上にきっと、甘楽がいる」

美来がいつも朝の散歩で立ち寄る、近所の神社。そこが終着点だった。

思えばこの神社と美来は奇妙な縁がある。キリマと出会い、そしてウバを拾った場所だ。更には源郎も、この近くでクロタを見つけたらしい。

何かを引き寄せる力でもあるのだろうか。美来は長い階段を、一歩一歩踏みしめる気持ちで上がっていく。

鳥居をくぐると、人の気配のしない境内《けいだい》の先に、何かがいた。

「え……?」

美来は目を見開く。遠目だからはっきりとはしないけれど、黒い犬の群れのようなものが見えた気がした。美来は慌てて目を瞑《つぶ》って首を横に振り、もう一度目をこらす。

すると、黒い犬の群れはなくなっていた。代わりに、黒いエプロンを腰に巻いた男性の後ろ姿があった。

「甘楽さん！　いた！」

美来は声を上げて走り出そうとする。しかしキリマは訝《いぶか》しげに立ち止まった。

「あんなところにケーキの盆を置いて、何してるんだ？」

よく見ると、甘楽はしゃがんでいて、近くにある石造りのベンチには、見慣れたケーキの盆が置かれている。

「……近づいてみよう」

美来はキリマを抱き上げ、慎重に歩を進めた。

甘楽は美来に気づいていない。一心不乱に何か作業をしている。

彼と一メートルほどの距離まで近づいて、ようやく美来は、甘楽が何をやっているのか確かめることができた。

「甘楽さん、何、してるんですか」

甘楽にかけた声が、心なしか震える。

彼は熱心に土を掘っていたのだ。しかも素手だった。土が硬いらしく、その手は傷だらけになっている。

「甘楽さん！」

美来は大きな声を張り上げた。すると甘楽は、ハッと我に返ったみたいに顔を上げる。

「あ……れ。美来ちゃん？」

「甘楽さん……よかった」

美来はホッとして胸をなで下ろす。黙々と土を掘る甘楽は正直言って怖かった。まるで何かに取り憑《つ》かれたかのようで。

いつも通りの優しい雰囲気に戻った甘楽に、美来は改めて安堵する。

「ここは、どこ？　僕は一体……」

甘楽はぼんやりした様子で、土まみれになった自分の手を見つめた。

「そうだ。ケーキの出前に向かっていて、その時、道ばたに黒い犬が倒れているのを見て……そして、それから……」

記憶が定かでないのか、甘楽がブツブツ呟いている。

「黒い……犬？」

美来が問いかけた。黒い犬といえば、思いつくのはキリマたちと戦いを繰り広げている犬の群れだ。しかし、辺りを見回しても、犬らしき影は見当たらない。

「そう。突然声が聞こえて……弔《とむら》わねば、って聞こえて……」

「弔う？　でも、甘楽さん。犬なんてどこにも見当たらないですけど」

再び辺りを見たが、犬の姿はどこにもない。弔うと言ったのなら、おそらく甘楽は墓を作ろうとしたのだろう。

しかし、弔うべき存在はどこにもいない。この境内《けいだい》には、甘楽ひとりしかいなかった。

……いや、さっき彼を見た一瞬、黒い群れが見えたような。

（なんだろう。甘楽さんの身に、何か起こっている気がする）

美来は不安に顔をしかめた。けれども、明確に何が起こっているかはまったくわからない。

「そういえば、今って、何時？」

「今は……午後二時前です」

甘楽の問いかけに、美来がスマートフォンで時間を確認して答えると、彼は「二時前……」と呟く。

「僕、四時間近く、ここにいたの？」

「そ、そうかもしれないです」

ケーキ屋の開店時間は十時。甘楽がいつもケーキの配達に来てくれる時間は大体十時半。ということは、逆算すると四時間くらいここにいたということになる。

甘楽はがっくりと肩を落とした。

「またかあ……」

「そういえば、時々記憶がなくなるって言ってましたけど、こんな感じが続いているんですか？」

美来が尋ねると、甘楽は力なく頷く。

「これはいよいよヤバイよね～。ケーキもダメになってるし、美来ちゃんのお店にも迷惑をかけた。オーナーにどやされるどころじゃないね」

あはは、と乾いた笑い声を出す甘楽は、見ていられないほど痛々しい。

だから美来は、胸の前で手を組み、彼に言った。

「オーナーさん、きっと怒ってませんよ」

「え～そうかな。さすがにクビって言われてもおかしくないと思うよ」

「そんなことないです。さっきお母さんがオーナーさんに電話しましたけど、最近の甘楽さんは様子がおかしいって、心配しているみたいでした」

もし怒っていたら、心配なんて言葉は出てこないはずだ。

甘楽は美来の言葉を聞いて、ほんのりはにかんだような笑みを見せる。

「そっか。あの鬼オーナーが僕を心配してくれたなら、なんだか得した気分だね」

「甘楽さん……。そういえば、病院には行ったんですか？」

返す言葉が思いつかなくて、美来は前に甘楽が言っていたことを思い出して尋ねた。

すると甘楽は「ああ」と言って、立ち上がる。

「一応、心療内科に行ったんだけどね。まあ、想像通りっていうか、ストレスが原因だって言われてお薬を処方されたよ。コンテストが近いから、そのせいじゃないかってね」

「……そうですか」

美来は俯《うつむ》いて相づちを打つ。しかし、何か違う気がした。スイーツコンテストは確かにプレッシャーにはなっているのかもしれない。けれども、本来の彼はそういうものに強そうな感じがするのだ。大舞台であるほどやる気を出すタイプというか、少なくともコンテストを前にストレスで心を病《や》むような人間には見えない。

「手を洗わなきゃ。あ~あ、傷だらけ。僕の手は土を掘るためにあるんじゃないんだけどなあ」

土にまみれた手を見つめて、甘楽が軽く笑う。

「あっちに水道がありましたよ」

この神社の境内《けいだい》には、端のほうに水道がある。恐らく、管理人が境内の手入れをするために水を引いているのだろう。

美来に水道の場所へ案内された甘楽は、水道の蛇口をひねって手を洗った。

「ああ、君も来てたんだね。ナイト君」

手を洗い終わって、甘楽がようやくキリマに気づく。

「ニャ……」

キリマが微妙な顔で鳴き声を上げる。美来から借りたハンカチで手を拭いて、甘楽は軽く笑った。

「見れば見るほど、君は美来ちゃんを大事に思ってるのがわかるね~。最初に君に会った時は、単なる甘えん坊の猫だと思っていたけれど。ふふ」

「ニャウ」

キリマは甘楽と話すのが嫌なのか、美来の後ろに隠れてしまう。

(甘楽さん……もしかして、気づいてる?)

そういえば前にも、こんな違和感を覚えた。キリマと初めて顔を合わせたころの甘楽は、もっとキリマに対してドライな態度を取っていたのである。むしろ、美来との会話を邪魔するキリマを苦手に思っている様子さえ見せていた。

けれども最近の甘楽は、妙にキリマに対して理解を示しているように見えるのだ。気のせいだろうか? 美来の思い込みだろうか。

ハンカチで丁寧に手を拭いている甘楽を眺めながら、美来は腕を組む。

(甘楽さんって、割と謎な人かも)

何を考えているかわからない。女の子なら誰でもオッケーという軽薄さを持っている反面、心の奥底には誰も入れなさそうな、とんでもない秘密を隠し持っていそうな……そんな想像をしてしまう。

「美来ちゃんってさ」

　じーっと見つめていたら、甘楽のほうから話しかけられた。物思いにふけっていた美来は、「へっ」と素《す》っ頓狂《とんきょう》な声を上げる。

「な、なんですか？」

「キリマ君を飼ったきっかけって、なんだったの？」

「え……キリマ？」

　美来は足元を見た。そこにいるキリマは、『突然、何を聞いてるんだよコイツ』といった顔つきで甘楽を睨んでいる。

「キリマは、ここで拾ったんですよ」

「へえ、捨て猫だったんだ。道理でスレてる顔だと思ったよ～」

「ニャーニャァァ⁉」

「キ、キリマ落ち着いて」

『なんだとこの野郎！』と言っていそうなキリマを抱き上げてなだめる。

「まあ確かに、拾った当初はすごく人間嫌いで、苦労したところはありましたよ。警戒心も強かったし、なかなか触らせてくれなかったし……」

「ふうん。よくそんな猫、飼う気になったね」

甘楽が少し意地悪なことを言う。けれども、悪意は感じなかった。

だから美来は微笑んで、未だに甘楽を睨んでいるキリマの頭を優しく撫でる。

「反抗的だからって放り出すようなことはできません。だってこの子は、私がうちに迎えると決めた瞬間から家族なんです」

「ははっ、なるほど。出会った時から、キリマ君は家族だった。それじゃあ、捨てるなんて選択はないね」

甘楽はおかしそうに笑うけれど、その笑い方も嫌な感じはしなかった。

まるで、長年抱えていた疑問があっという間に解決して、肩すかしを食らっているような……

そんな感じがするのは、美来の考えすぎだろうか。

「ハンカチ、ありがとう、美来ちゃん」

「い、いいえ。その……甘楽さんは、ペットを飼ったこと、あるんですか？」

「ないね～。でも、死んだ祖父が飼ってたんだ。あの人にとってペットは家族……。傍《そば》にいるのが当たり前だったんだなって、今思ったんだよ。捨てるなんて思いつきもしなかったんだろうな」

美来にハンカチを渡しながら、甘楽がどこか遠い目をした。

「おじいさんにとっても、ペットは最初から家族みたいなものだったんでしょうね」

「最初から、か。うん、そうかも。義務じゃなくて、仕方なくじゃなくて、家族だったから、大切にしていたんだろうなぁ」

甘楽は土を掘っていた場所まで戻って、石のベンチに置いていたケーキの盆を両手に持つ。

「迷惑をかけられても、言うことを聞かなくても、家族なら投げ出しちゃいけない。僕もね、そう思うよ」

「甘楽さん……？」

甘楽は誰のことを言っているのだろう。ペットを迎える予定でもあるのだろうか。

「さて、僕はそろそろケーキ屋に帰るよ。今日は配達ができなくてごめんね」

「いえ、甘楽さんが無事でよかったです」

「これから無事じゃなくなるんだけどね～。痛んだケーキを持って帰るから、滅茶苦茶どやされちゃうよ～」

「そ、それは、まあ。でも、オーナーさんも甘楽さんの変調には気づいているみたいですし、そこまで怒られませんよ。多分……」

美来は半笑いでフォローした。美来はオーナーに会ったことはないけれど、甘楽の話しぶりからしてなかなか厳格な人なのだと思う。ケーキをダメにしたことは怒られるかもしれない。

甘楽は「それじゃあね」と言って、神社を後にした。残された美来は、キリマを抱きしめたまま、小さくなっていく甘楽を見送る。

「……さっき、思い出したんだけどさ」

キリマがぽつりと言った。

「昨日、『ねこのふカフェ』の前で、犬コロとやり合っただろ。その時、一匹だけ逃げ遅れた犬がいたんだ」

「そうなの？」

「うん。足をくじいたのか、ヨタヨタしていた。俺たちは、どうせ犬どもが面倒を見るだろって思ってそのまま帰ったけど、もしかしたら……」

キリマは言葉の途中で口を閉じる。そして、美来に顔を向けた。

「甘楽はもしかして、あの黒い犬を見つけたのかもな」

「そうなのかな。わからないけど……」

美来は境内《けいだい》の端に視線を移す。甘楽が掘っていた穴は、確かに犬一匹分の大きさをしていた。亡骸《なきがら》のない墓。怪我をしていたという、黒い化け犬。

「甘楽さんは間違いなく、何かに巻き込まれているよ」

根拠はないけれど、確かな予感を持って、美来は呟いた。

『ねこのふカフェ』が閉店間近となった頃、客がすべて去ったタイミングで、カランカランとカフェの扉が開いた。

「ハロー、ご無沙汰《ぶさた》～！」

現れたのは、桜坂だ。

家に帰らず、思い思いの場所で体を休めていた猫たちがピクッと顔を上げて、桜坂に顔を向けた。

「あら、サクラちゃん。うちに来るのは久しぶりね～」

カウンターで体を休めていたジリンが、ひょいと床に降りて桜坂のもとへ走る。

「ジリンちゃん！　ほんとにね。元気してた？　会いたかったわよ～！」

彼が笑顔で両手を広げると、ジリンは勢い良くその中へ飛び込んだ。桜坂はたくましい腕でジリンを優しく抱き留める。

「最近、街が騒がしいじゃない？　それで情報を聞きに来たのよ。新聞を読む限りじゃ、ただごとじゃない気がしたからね」

「ええ。桜坂さんは気づいているだろうなって思ってました。確かにこの騒ぎの原因は、単なる野良犬じゃありません」

美来は頷いた。桜坂は「やっぱりね」と、ニッコリ笑ってカウンターに座る。

「マスター。コーヒー頂けるかしら」

「かしこまりました」

桜坂とのつきあいはそれなりに長いのだが、源郎は堅苦しい態度を崩さない。桜坂は自分たちと同じ猫カフェを切り盛りする『先輩経営者』であるのと同時に、大のコーヒー好きである。年下ながら尊敬している人間に最高の一杯を提供するのは、源郎の意地だ。

源郎がコーヒーの用意をしている間、美来は街で起きたこれまでのことを桜坂に説明した。芳《かぐわ》しい香りが辺りに立ちこめる中、彼は腕を組んで静かに耳を傾ける。

「なるほど。連日聞こえていた遠吠えの主は化け犬。そしてこの街をナワバリにすると一方的に宣言して、ウバちゃんたちと毎晩争っていた。そういうことだったのね」

「はい。正直なところ、毎晩あんな争いをするのはやめてほしいですよ。おかげですっかりこの子たち……こんな感じですし」

美来は呆れ顔で店内を見回した。その視界にいるのはカウンターで伸びているモカ、台座で寝息を立てているウバ、美来の足元でぐったりしているキリマ。

「仕事じゃない時間ならともかく、営業中もこの調子で、やる気ゼロだったんですよ」

「仕方ないだろ。街の運命を左右する戦いなんだ。正直、猫カフェどころではない」

カウンターで寝ていたモカが顔を上げて、先端が二股に分かれた尻尾をパタパタ揺らす。

「だから私は、みんなに争ってもらいたくないんだよ。それに、毎日こんな状態じゃ、お客さんが呆れて来なくなっちゃうよ」

「そう言われてもさ、化け犬どもは会話する気がないんだ。なら、戦うしかないだろ」

むくっと起き上がったキリマが小さな口を尖らせる。美来はキリマを抱き上げると膝に載せて、顔をしかめながら頭を撫でた。

「みんなの言うこともわかるんだけど……。きっと、戦う以外の方法があると思うよ」

以前、美来はウバたち以外にも言葉を話す化け猫——赤い目をした黒い猫鬼を見たことがある。

ずいぶんたどたどしい言葉使いではあったが、彼は確かに言葉を話したのだ。

美来はあの時『この猫鬼とは会話が成立しない』と思った。妄執《もうしゅう》にかられた猫鬼は、己の存在を維持することしか考えておらず、邪魔をする者に対して問答無用で攻撃をしかけてきたからだ。

一方、今回の化け犬——

美来は『少なくとも意思疎通はできる』と思った。

まず、わざわざ宣戦布告に来たところから、黒い猫鬼とは違う。

物言いは一方的で、話し合いをする気はなかったようだが、ウバたちとちゃんと会話をしていた。そして、ひとつ気になることを狼は言い残した。

『言ったところで理解できまい。ぬるま湯に浸《つ》かったぬしではな』

どういう意味で言ったのかはわからない。けれども、もしかしたら。

ウバたちには理解できないと決めつけているから、話し合いをしないのではないか。

それなら、あの言葉の意味を理解することができたら、化け犬たちと話ができるのではないか。

美来はキリマのなめらかな背中を撫でながら考える。

ふいに、源郎がカウンターにコーヒーを置いた。桜坂は礼を口にしてソーサーを持ち上げ、コーヒーの香りを楽しんでからゆっくりと飲む。

「おいしいわ」

「ありがとうございます」

「猫カフェでコーヒーのおいしいところって、実はあまりないのよね。だから、『ねこのふカフェ』の人気は化け猫ちゃんだけの力ってわけじゃ決してないと思うわ」

「そ、そうですかね」

源郎が照れたように耳を赤くした。彼はストレートな褒め言葉にめっぽう弱いのだ。

「立地条件で言えば、隣町の保護猫カフェのほうがいいけれど、源郎さんのランチやコーヒーを楽しみにしているリピーターはたくさんいると思うわよ。私も含めてね」

「ありがとうございます」

照れ隠しのためか、源郎は桜坂に背を向けて、調理台でせわしなく作業を始めた。

「ふふ、桜坂さん。もうその辺にしてあげて。源郎さんは褒められすぎると照れが極まっておかしなことをしてしまうのよ」

近くにいた花代子が手を口に当てて笑う。コーヒーを味わっていた桜坂が顔を上げた時、源郎はマカロンとクリーム、チョコレートソースなどを使って黙々とスイーツアートを作っていた。

「源郎は照れすぎるとあんな奇行に走るのか。知らなんだのう」

台座で伸びていたウバがぼそりと言って、一匹だけ元気なジリンがクスクス笑う。

「今度、思いっきり褒め殺してあげようかしら」

「ジリン〜。そういういたずらをしないで〜」

キリマの耳を弄《いじ》っていた美来がジロッとジリンを睨む。

皆のやりとりを穏やかな笑顔で見守っていた桜坂は、ふと、何か思い出したように、コーヒーカップをソーサーに戻す。

「そういえば……、保護猫カフェの猫ちゃんたちは、絶対に窓に近づかなかったじゃない？　あれって、例の化け犬が原因だったのかしら」

美来はハッとする。確かに、隣町の保護猫カフェでは、どんなに日当たりが良さそうでも、猫は窓際に近づかなかった。

あの時は、たいした理由ではないと思い込んでいたけれど……

「保護猫カフェの南側は、天井から床まで全面ガラス窓で、外は芝生《しばふ》の公園が広がっていた。化け犬たちが窓の近くまでやってきたら、猫はもちろんびっくりするよね」

「同時に威嚇《いかく》したのかもしれないな。僕たちに宣戦布告をした時と同じだ」

モカが前足でトントンと口元を叩きながら呟く。

「化け犬が現れてから、近所のペットたちはみんな怯えている。やっぱり、動物にとって化け犬は恐怖の対象なのね。だから保護猫カフェの猫たちも怖がっていたのよ」

桜坂が納得顔でコーヒーを飲んだ。

「そもそも、あの化け犬たちって何者なんだろう。『猫鬼』や『猫又』みたいな名称があるのかな」

そもそも、美来たちはそんな基本的な情報すら知らないのだ。美来が疑問を口にすると、ウバが億劫《おっくう》そうに巨体を起こし、ドスンと地響きを立てて床に降りる。

「まず間違いなく、あの黒い犬どもは『犬神』であろう。ただ、頭領の狼は違う様じゃ」

「犬神?」

凝《こ》ったスイーツアートを作り終えた源郎が、正面を向いて首を傾げた。

「神と名がついておるが、わらわのような神ではない。あれはな、人間による罪深き儀式のなれの果てよ。言葉も話せぬ、哀れな化け犬じゃ」

美来は思い出す。言葉を話していたのはリーダーらしき狼のみだった。後ろに控えていた黒い犬たちは吠えていただけだ。

「人間が生み出したって、どういうこと?」

モカを抱き上げた花代子が疑問を投げかける。するとウバはしかめ面をして、金色の目を悲しげに伏せた。

「始まりは平安より前と言われている。キリマが鬼として存在し始めた頃じゃ。街には魑魅魍魎《ちみもうりょう》が跋扈《ばっこ》し、人間の神に対する信仰心が、今よりずっと深かった時代じゃな」

「お医者さんがいなかったころだものね。『病《やまい》』は鬼の仕業と信じられていて、だからこそ祈祷師《きとうし》や陰陽師という仕事が成り立っていたらしいわ」

桜坂が同意する。

——おそらく、神頼みしかできない時代だったのだろう。ゆえに、人々は信心深かった。平安時代の貴族はお抱えの陰陽師に占いをさせて、よくない相が出た際は、屋敷に籠って仕事に出なかったという慣習があったほどなのだから。

「時の帝《みかど》が固く禁じた呪術のひとつに『蠱術《こじゅつ》』というものがある。呪詛《じゅそ》の類《たぐい》でな。生きた動物を利用する、罪深い術なのじゃ」

口にするのも嫌なのだろう。ウバは小さな眉間に皺を寄せて、不機嫌そうな表情をしている。

「生きた、動物」

美来はぽつりと呟いた。膝に載せていたキリマが顔を上げる。

「……犬を使う蠱術は残酷だったよ。色々な種類があったようだけど、共通しているのは、餓死寸前まで犬を苦しめたあげく、生きたまま首をはねることだ。人間は、犬の怨念《おんねん》や恨みの力を利用したかったらしい」

その時代を知っているキリマの口調は淡々としているが、表情には翳《かげ》りがあり、声色も苦々しい。

「人間は、酷いことを……していたんだね」

美来はキリマをぎゅっと抱きしめた。遠い、遠い昔の話だ。それでも、耳にして平然としていられるわけがない。

すると、花代子の腕の中にいたモカがフォローを入れるように「ミャー」と鳴いた。

「ま、帝が禁じていたくらいなんだ。それが道理に反した罪深い術ということを、当時の人間もわかっていたさ」

「うむ、モカの言う通りじゃ。しかしのう、人の目が届きにくい僻地《へきち》で、蠱術は密かに続けられていたのじゃ。それが犬神の始まりよ」

ウバは厳《おごそ》かに説明を続けた。

「残虐な方法で首をはねられた犬の霊は術者に取り憑《つ》き、術者は犬が持つ怨念と恨みの力を利用して願いを叶えた。殆《ほとん》どは、家系の繁栄や富を願ってな。だが、話はこれからじゃ」

物々しい言い方に、皆がごくりと生唾を呑み込む。

しかし、ウバより先にサラッとキリマが言い放つ。

「犬神は一代限りじゃない。ひとたび取り憑かれれば、末代まで憑依《ひょうい》される運命にあるんだ」

ウバがクワッと金の目を見開いた。

「これキリマ！　今まさに我が口にしようとしていた言葉を取るでない！」

「もったいぶって話すからだろ。つまりさ、犬神によって繁栄や富を得た家系は、今も犬神に憑《つ》かれているはずなんだ」

キリマがアイスブルーの瞳をきらめかせた。桜坂の傍《そば》で聞いていたジリンが床に降り、尻尾を立てて歩き始める。

「つまりあの化け犬……犬神も、誰か人間に憑いているわけね」

「憑依《ひょうい》された人間をどうにかすれば、状況が変化するかもしれない。ところでウバ、犬神に憑かれた人間というのは、何か特徴はないのかね？」

前足でトントンと小さな口を叩きつつ、モカが尋ねる。ウバは「ふむぅ」と悩むように目を瞑《つぶ》った。

「そうじゃのう。我も、実際に憑かれた人間を見たことはないが、どうやら他の動物憑きと変わらんようじゃ。突然人が変わったり、様子がおかしくなったりな」

「様子がおかしくなる……」

美来はキリマの腹を撫でながらぼんやり呟いた。

あの犬神たちが街を騒がせ始めた頃、普段と様子の違った人間は——

「……あっ」

ハッと顔を上げた。モカが三角の耳をぴるっと震わせ、美来を見つめる。

「どうした？」

「様子がおかしい人、いるよ。甘楽さんだよ」

「甘楽……そうだ。甘楽は確かに様子が変だぞ」

今日の昼に見た甘楽を思い出したのか、キリマが同意する。

「甘楽？　何かおかしなところがあったかな」

モカはあまり覚えていないのか、首を傾げた。

「モカ、思い出して。いつもの甘楽さんはよく喋ってニコニコしてるのに、最近はボーッとしてることが多くて、変なことを呟いていたし、本人も『時々記憶が飛んでる』って言ってたじゃない」

「ああ、そういえば、ちょっと様子がおかしかったな」

「ちょっとどころじゃないよ。今日の昼に、私、甘楽さんを探しに行ったでしょ？

その時の甘楽さんの様子、尋常じゃなかったよ」

美来は皆に、昼の神社での出来事を説明した。

甘楽が四時間も穴を掘っていたこと。本人にその記憶がないこと。犬が倒れていたと呟いていたが、近くにそれらしき犬はいなかったこと。

「おじいさまが亡くなられて、田舎《いなか》のお葬式に出席してから体の調子が悪くなったって、甘楽さんは言っていた。それに……」

美来はあの日のこと——初めて甘楽の様子がおかしいと思った時のことをよく思い出した。

(そうだった。犬神は……)

「甘楽さんが『ねこのふカフェ』から去った途端、犬神が狼と一緒に現れたんだよ。そして一方的に宣戦布告をしたよね。犬神は、常に甘楽さんの傍《そば》にいるのかもしれないよ」

「犬神は、取り憑《つ》いている人間から遠く離れることはできないということか。ふむ、これは検証のしがいがあるな」

モカは花代子の腕を蹴って床に降り立つ。そしてトタタッと軽い足音を立ててカフェの裏口に向かった。

「モカ、どこに行くの？」

ジリンが尋ねると、ペット用出入り口をくぐろうとしていたモカが、こちらをチラと見た。

「あいつらが現れてから昨日までの間に、街のどこで現れたのかを調べるんだ。源郎、パソコンを借りるぞ」

「お、おう」

カウンターで調理器具を片付けていた源郎があっけにとられた顔で返事をする。モカは出入り口から出ていき、ジリンが「あたしも行く！」とついていった。

「パソコンって……あいつ、パソコンなんか使えるのか？」

源郎が信じられないと言わんばかりの表情で呟く。気になった美来は、キリマを床に降ろし、裏口のドアを開けた。

「私も行ってみるね。桜坂さん、また何かわかったら連絡しますから」

「はーい。待ってるわ」

ヒラヒラと手を振った桜坂に会釈《えしゃく》し、美来は裏口から外に出て実家に戻った。キリマとウバもあとを追ってくる。

リビングに入ると、ソファの近くではクロタが伏せの状態で大人しくしていた。そんなクロタの腹を寝床に、ブルーたち三匹の子猫がスヤスヤと寝入っている。

「お、おぬしら！　敵の軍門に降《くだ》ったか‼」

「うはっ、かっ、可愛い！　犬と子猫コラボ最高！　写真撮ろう！」

金色の目を見開いてシャーッと怒り出すウバと、思わずポケットからスマートフォンを取り出し、パシャパシャ撮り始める美来。

するると、キリマが呆れた目を向けた。

「ふたりとも、今はそれどころじゃないだろ」

「……はっ、そ、そうだね」

嫉妬《しっと》深いキリマは、美来が自分以外の猫のことで騒ぐのが好きではないようだ。美来は慌ててスマートフォンを片付けて、そそくさと二階に上がっていった。

カチャッと音を立てて、書斎の扉を開く。家のパソコンはここにしかないのだ。主に『ねこのふカフェ』のホームページの更新に利用されている。

祖父の代から使われている、引き出しつきの古い机には、カフェの本や経営の本、そして猫や犬関連の様々な書籍がズラッと並ぶ。その手前にノートパソコンが置かれていた。人間に変化したモカは椅子に座っており、ジリンは机の上から興味深そうにパソコンの液晶画面を眺めている。

手慣れた様子でパソコンを操作するモカに、美来は感心しつつ近づいた。

「すごいねモカ。いつの間にパソコンなんて使えるようになったの？」

「源郎が操作しているところをずっと見ていたからな。見よう見まねだ。それに、源郎にできて、この僕にできないことはない」

画面を見ながら断言するモカに、美来は天井を仰《あお》いで額《ひたい》に手を当てた。

（今の言葉……、お父さんが聞いたら怒るだろうなあ）

絶対言わないでおこうと心に決め、美来はモカの横に立って液晶画面を覗く。キリマはモカの膝に入り込み、顔だけ出してパソコンを見た。ウバはドッスンと豪快な音をを立てて机に飛び乗る。

「よし、丁度地図が出来上がったぞ」

カチカチとマウスをクリックして、モカが液晶画面いっぱいに地図の画像を表示させた。

「この地図は……私たちが住んでる街だね？」

「そうだ。あの犬神が現れてから今までの間に、喧嘩《けんか》した場所をマーク付けしてみたんだが、こうやって地図で見ると、一目瞭然《いちもくりょうぜん》だったな」

「ふむぅ……なるほどのう」

ウバが興味深そうに液晶画面を眺める。美来も地図を見て、口に手を当てた。

「『シュシュ・オージュ』を中心に現れてる……」

『シュシュ・オージュ』は、甘楽が働く人気スイーツ店だ。それにしても、犬神の出現場所なんて、地図にマークをつけなければ気づかなかった。

「じゃあ、隣町の保護猫カフェは？」

「甘楽が休みの日に行ったのかもしれない。女性を連れていくのに丁度いい店だろう？」

「な、なるほど……」

冷静なモカの分析に、美来は唸る。その説明にまったく違和感がない。甘楽なら、ガールフレンドが猫好きとわかれば、勇んで猫カフェに連れていくはずだ。

ジリンがツンツンと前足で液晶画面を突いた。

「もうひとつ、気になる場所があるわね」

「確かに、ケーキ屋以外でも、建物を中心に犬神が現れてる場所があるぞ！」

モカの膝にいたキリマが少し興奮したように声を上げる。

「うーん……地図情報を見るに、これはマンションかな？」

美来はその位置を指で差して指摘した。建物にはそれらしい名前がついている。

「甘楽が住んでる場所じゃないか？　犬神は、基本的にここととケーキ店の周りでしか活動できないんだろう。理由はひとつしかない」

モカが翡翠《ひすい》色《いろ》の瞳を光らせて、美来を見上げた。

「甘楽が犬神に憑《つ》かれた人間だから……」

こくんと生唾を呑む。まさか、あの甘楽が？　本当に？　なんだか信じられない。けれども、最近の甘楽の変容を思い出せば、納得できた。

自分が化け猫たちに関わっているのだから、甘楽もまた、あやかしに関わっていてもおかしくない。だが、なんというか、彼はあやかしと一番縁遠い人種だと思っていたのだ。

チャラくて、リアルが充実していて、趣味はナンパで、顔が良くて人気者で……

そんな人が、凄惨《せいさん》な儀式を行った一族の末裔《まつえい》なのだろうか。

「犬神に憑《つ》かれた一族のことを、犬神筋と呼ぶようじゃ。甘楽は先日、祖父を弔《とむら》ったのであろう？　ならば祖父に憑いていた犬神が、甘楽に移動したのかもしれぬな」

ウバが地図を見ながら言う。

確かに、甘楽は祖父の葬式に出席してから調子が悪くなったと言っていた。法則性を持った地図のマーク、甘楽の調子、すべての要素が犬神に繋がっているように思える。

「でも、まだ甘楽さんが犬神筋……っていう確証はないよね？」

「うむ、それはこれから確かめるしかなかろう。問題はその方法だな。本人に聞くのが一番早いのじゃが」

「『犬神に憑かれているのか』なんて聞いて、『はいそうです』と答えるやつじゃないだろ。あの様子だと、憑かれてることも自覚してないぞ」

キリマが小さな口を尖らせた。彼の言うことはもっともだ。どうやったら、甘楽が憑かれている確証を得ることができるのだろう。美来は腕を組んで考える。

すると、ジリンが何か思い立ったみたいに立ち上がった。そして、スタスタとノートパソコンの上を横切っていく。

「わっこら、キーボードを足で押すな！」

「あら、ごめんね～」

たいして悪いとも思っていない様子でジリンが謝る。モカが「まったくもう」とブツブツ文句を言いながら、パソコンを操作した。

「ね、ね、美来。あたしいいこと思いついたの。あたしが、甘楽の様子を探るわ」

「え、ジリンが？」

美来がキョトンと首を傾げる。ジリンはにんまりとオレンジ色の目を細めて、口元を前足で隠した。

「甘楽からずーっとデートのお誘いをされているの。もう十二回くらい断ってるけど、受けてあげるわ。それで、一日通して様子を見ていれば、彼が取り憑かれているか、猫神のウバにはわかるでしょ？」

「ふむ、確かに。犬神どもがなりを潜《ひそ》めていようと、わらわの神々《こうごう》しきまなこはやつらの気配を見逃さぬであろう」

えっへんとウバがふんぞり返って鼻息を出す。久々に神様扱いされて嬉しいようだ。

ふわふわの白毛がいっそう美しく輝き、後光が差している。

「なるほど。甘楽とジリンが逢い引きをしている間、僕たちはあとをつけて、犬神の影を見つけようということだな」

「そういうこと」

ジリンがモカに向かって、妖艶《ようえん》にぱちんとウィンクする。さすが百戦錬磨の元花魁《おいらん》だ。こと男性に関することで、彼女の右に出るものはいない。……少なくとも、この場では。

「美来も、それでいいかな？」

前足をキーボードの前に置いて、キリマが美来を見上げる。

「うん。私は構わないけど……」

場の空気に圧《お》されたように頷きながら、美来は密かに思った。

（甘楽さんが犬神筋の人間だなんて、本当に想像つかないよ。妖怪とか神様とか、まったく信じていなさそうなのになあ）

美来はため息をついて天井を仰《あお》いだ。

どうやら自分が思っていたよりも、世の中というのは奇縁に溢れているらしい。

来たる勝負の日。

ジリンが個人的に甘楽と連絡をつけ、スケジュールを合わせたデートが始まった。

待ち合わせは駅前のモニュメント前。約束の時間まであと三十分という頃、人間の姿に変化したジリンの周りを三匹の猫と美来が囲んでいた。

「時にジリンよ。おぬしのふぁっしょんについてとやかく言うつもりはないが、その、ちぃと露出が多いのではないか？」

モフモフ白毛のウバが小声で問いかける。騒がしい雑踏の中で、まさか猫が言葉を話しているとは誰も思わないだろう。

ジリンは、美しい濡羽色《ぬればいろ》の髪をシニヨンにまとめ、大胆に肩を出した白いオフショルダーのトップスに、腰から足のラインがくっきり見えるスキニーデニムパンツ。そして透け感のあるオレンジのロングカーディガンを羽織《はお》っていた。同色のパンプスも似合っており、その姿はまるで、ファッション雑誌から飛び出したモデルのようである。

「肩が露わになっておるのに、すけすけの羽織《はお》り物では隠すものも隠せていないであろう？」

「何言ってるのよ。隠すつもりなんて皆無よ。これは計算なの、計算」

ピッと人差し指を立ててジリンがニッコリと微笑んだ。赤く艶《つや》やかなルージュが勝ち気にきらめく。

「男っていうのはね、チラ見せが好きなの。露骨に肌が見えていても、ガン見するわけにはいかないでしょ？　だけどカーディガンを羽織ることによって、直視しても失礼にあたらなくなる。かつ、生地が透けているから、あたしの美しい肌を見て楽しむこともできる」

「ほほう」

「ほほうじゃないよ、モカ……」

きらりと翡翠色《ひすいいろ》の瞳を光らせて興味深そうに頷くモカに、がっくりと肩を落とした美来はツッコミを入れた。

「更に言うなら、このカーディガンを脱がせて生の肌を見たい！　という欲望を高めることによって、他の女によそ見しなくなるわけ。あと、男って動くものが好きなのよ。だから、こういうイヤリングをつけるのも効果的ね」

ジリンが耳に軽く触れた。そこには細いワイヤーにラインストーンを上品に繋げたイヤリングが揺れている。

「それから、アクセサリーはつけすぎないほうがマルね。シンプルな服装だし、本当はワンポイントにネックレスでもしたいところだけど、わざとここを寂しくさせるのがポイントなの」

「そ、それはどうしてだ?」

キリマが尻尾を立てて尋ねた。

「もちろん。『物足りない』と男に思わせて、プレゼントさせるためよ!」

グッと拳を握って力強く言い切るジリン。美来はあっけにとられた。

「さ、さすが、ジリンだね。私には絶対できないけど、ジリンなら余裕で男の人を手の平で転がしそうだよ……」

「ふふ、アリガト! でもね、本当にできる女っていうのは、男が自《みずか》ら『手の平で転がされたい』と思っちゃう女のことを言うのよっ」

うへえ、と美来は辟易《へきえき》した声を出した。なんだかジリンが絶好調だ。まったくついていけない。

「なるほど。男とは、押しなべて気位が高いものだ。『転がされてやってる』という気にさせて、その実、気づかれないよう女が男をコントロールするのだな」

モカが感心したように言うと、ウバが「ヤレヤレ」と首を横に振った。

「まあ、自信があるのは良いことじゃが、小手先に夢中になって足元を掬《すく》われんようにな」

「ひとまずジリンのお手並み拝見ってところか。んじゃ、俺たちはそろそろ隠れようか」

周りを飛び跳ねるキリマに、美来は「そうだね」と頷く。まだ甘楽は来ていないようだが、駅前にモデルばりの美女が立っていること、更にその周りを三匹の猫が囲んでいることから、通りすがりの人々が皆、こちらをチラチラ見ている。

うかうかしていると、携帯電話のカメラを向けられてしまうかもしれない。美来は小走りでジリンから離れ、駅の構内に入り、陰からジリンを見つめた。もちろん足元にはキリマとウバとモカがついてきていて、美来と同じように物陰から顔だけをひょっこり出している。

「わあ、可愛い～」

「猫ちゃんがいっぱいいる～！」

そんな美来たちの姿が目立たないわけがない。あっという間に注目の的となり、美来は慌てて愛想笑いをした。

「す、すみません。ちょっと散歩中でして……」

「撫でたい～。わっ、ふかふか！　羽毛布団みたい！」

「ミギャァー!!」

「わっウバ、怒っちゃだめだよ。すみませんこの子、外で触られるのは好きじゃなくて……」

構内に隠れたのは大失敗だ。というか、人通りの多いところではどこでも目立ってしまう。時々フラッと猫が現れるだけでも注目される世の中なのに、三匹もいて、しかも列をなしていては、騒がれても仕方がない。

「にゃーっ！　にゃーっ！」

美来が悩んでいると、キリマが助けを求めるような鳴き声を上げた。ハッとして見たところ、小さい子供がキリマの尻尾をしっかり握っている。

「あああ、ごめんね。猫ちゃんは尻尾を握られると痛いから……というか、お母さんかお父さんはどこかな?」

「うー?」

年齢は二歳くらいだろうか。言葉をまだ理解できていなさそうな子供は、キリマの尻尾を容赦なくぶんぶん振る。美来が蒼白になって辺りをキョロキョロ見回すと、子供のすぐ傍《そば》にはベビーカーがあって、母親らしき女性が夢中でキリマたちを写真に収めていた。

(うわあ、ここは逃げよう)

収拾がつかなくなる前にこの場を離れたほうがいい。美来はよっこらしょとウバを抱えた。すると美来の意思を読み、モカが肩に乗る。そしてキリマはなんとか子供の手から尻尾を奪還し、美来の頭に飛び乗った。

「あっちの公衆トイレの裏にしよう!」

肩と頭に猫を乗せて、白いデブ猫を運ぶ姿は明らかに目立っていたが、仕方がない。無心で走って、比較的人が少ない公衆トイレの裏に移動した。

「はあ……。ジリンと甘楽さんのあとをつけるって言うけど、これ、どこに移動しても私たちのほうが目立つよ。どうにかできないかなあ」

「そう言われてものう。犬神を見極めるには、少なくともわらわが直接目にしなければわからぬし……」

「シッ、みんな。甘楽が来たぞ」

公衆トイレの裏から顔を出し、ずっと様子を見ていたモカが言った。美来は慌ててジリンたちの方向に目を向ける。

甘楽はいつものエプロン姿ではなく、紺色のゆるい感じのニットに、白い綿パンツを穿《は》いていた。少し天然パーマの入った猫っ毛の髪が風に揺れて、きらきら紅茶色に輝いている。

さすが女性に大人気の美男子パティシェだ。纏うオーラが周りと違う。そしてジリンの妖艶《ようえん》な美しさは、まったく彼に劣っていない。

絵に描いたような美男美女カップルだった。辺りを歩く人々が一斉にふたりを見るほど。

「う〜ん、はたから見るとお似合いすぎて、近づきにくい雰囲気だね」

美来が感心した声を出すと、モカが冷静な口調で言った。

「ふたりとも、いいところは顔だけだがな」

「モカ……ちょっと辛辣《しんらつ》すぎるよ……」

自分だって顔を餌に女をたぶらかして精を奪っていた化け猫のくせにと思いつつ、美来はジリンたちの様子を注意深く見る。

「お、移動するみたいだな」

キリマがピクッと耳を震わせた。ふたりは何か話したあと、駅とは反対方向に向かって歩き出す。

「うむ、ではわらわたちも参ろう。できるだけ目立たぬようにな」

ふわふわ尻尾をピンと立ててウバが歩き出す後ろで、美来はため息をついた。

(それは無理じゃないかなあ)

なにせ駅の構内では大騒ぎになってしまったのだ。猫は可愛いし、目立つ。人は、人が歩いていても気にしないが、猫が歩いていると視線を向けるものだ。

「ま、少なくとも甘楽さんにはばれないように歩こうね」

美来はそう言って、コソコソとふたりのあとを追いかける。

ジリンと甘楽は、駅の近くにある歩道沿いの商店街に向かうつもりらしい。『ねこのふカフェ』の近所はなんともパッとしない街並みだけれど、この辺りは都市開発が進んでおり、なかなかオシャレなお店も揃っている。

「さすが逢い引きに手慣れている甘楽だな。しっかりセオリーを踏んでいる」

「せおりーとはなんじゃ？」

モカの言葉に、ウバが反応した。ウバはまだまだ現代の言葉の理解が遅いようだ。

「お約束というものだ。女にも色々いる。豪奢《ごうしゃ》を好む者、質素を好む者などな。人間に変化したジリンは派手な見た目をしているが、過度な贅沢《ぜいたく》はそう好まないと、甘楽は見抜いたのだろう」

「だから近場の商店街をデートの場所に選んだってこと？　でも意外だね。ジリンって元花魁《おいらん》だから、贅沢なデートのほうが好みそうなのに」

ふたりを追いながら美来が言うと、前を歩いていたモカがチラとこちらを見た。

「もちろんジリンは贅沢が大好きだ。でも、最初から虚勢を張ってかっ飛ばしている男なんて、いかにも必死でみっともない。そういうところに余裕があるかどうかも見ている女だと、甘楽は見抜いているんだよ」

「はあ……」

「相手が金持ちなら別だが、甘楽はあくまで街のパティシエだ。まずは背伸びせず、身の丈にあった逢い引きをするのが、スマートなつきあいというものさ」

「ふえー……モカもジリンも大人だねえ……」

なんだか全然話についていけない。美来が感心していると、隣を歩いていたウバがヤレヤレと首を横に振った。

「まだ恋も知らぬ娘に、大人の恋の駆け引きなぞ教えるものではないぞ」

「いやいや、美来はもう立派な大人だ。殿方と逢い引きする機会も出てくるだろう。その時に、妙な男にひっかからないよう事前学習しておくのは悪いことではない。なあ、キリマ？」

「……なんで俺に話を振るんだよ」

ピッと尻尾を立てて、キリマが不機嫌そうに言う。

「いや、少なくとも美来が悪い男に捕まってほしくないという気持ちは、我々共通の思いではないかなと考えたんだ」

「フン」

　モカの言葉に、キリマはプイッと横を向いた。

「いいんだよ、美来は今のままで。……ただ、『今』がいつまで続くかは、わからないけどさ」

「キリマ？」

　美来は自分の横を歩くキリマへ視線をやる。なんだか彼の口調が、いつになく寂しそうに聞こえたからだ。

　キリマは少し俯《うつむ》いたあと、顔を上げて前を見た。

「なんでもない。ほら、ふたりが雑貨屋から出てきたぞ。ウバはそろそろ、犬神の影が見えたりしないのか？」

　慌てて美来も前を向いた。ジリンと甘楽は雑貨屋を見て回っていたようだ。何か購入したらしく、甘楽は小さな紙袋を提《さ》げていた。

「うむ……まだ見えぬのう。甘楽の様子も別段おかしいとも思わぬ」

「本当に甘楽は取り憑《つ》かれているのか？」

「ああやってデートを満喫《まんきつ》してるところを見ると、まったくそうとは考えられないがな」

キリマとモカは少々疑問を覚えている様子だ。美来も「もしかしたら推測が間違っていたかも」と思い始めていた。

「あ、次の店に入ったぞ」

ジリンと甘楽はオシャレそうなイタリアンのレストランに消えていく。

「どうしよう。さすがにペットの入店はお断りだよね……」

物陰で店を眺めつつ、美来が焦っていると、店の扉が再び開いた。現れたのは黒いエプロンを身につけた店員と、甘楽とジリンだ。

「なるほど。ジリン、よくやった」

モカがグッと前足を上げてガッツポーズする。

「外の席に誘導したのか。そつのないところはさすがだのう」

ウバが感心したような声を出す。そう、ふたりは店内ではなく、テラス席に座ったのだ。おかげで、猫でも近づいて様子を見ることができる。

「よし、あのテラス席なら、僕たちは向かい側の建物に行けばいい。そこからなら、人目につくことなく甘楽の様子を見ることができるぞ」

「了解！」

モカの先導で、美来たちはイタリアンレストランの向かい側にある建物に向かった。テナントの入った三階建てで、外階段を使って二階に移動し、踊り場からテラスを見下ろす。

「ちょっと遠くないかな……」

「美来、スマートフォンを持っているだろう。カメラ機能を使ってズームするんだ」

「モ、モカ、頭脳明晰《めいせき》すぎじゃない……？」

江戸時代に生まれた化け猫のくせに、ここまで現代のテクノロジーに詳しいとは。長いこと繁華街で野良猫として生きていたから、自然と学んだのかもしれない。

美来がスマートフォンを取り出すと、ピピピと着信音がした。

「わっ、電話だ。誰からだろう？」

「ジリンだよ。スピーカーにして通話状態を維持しながら、カメラアプリでズームするんだ。そうすれば、会話も聞こえる」

「ちょっ……あなたたち、探偵になれるんじゃない？」

モカとジリンの息がぴったりである。美来は感心しつつモカの言う通りにした。

目がいいキリマやモカ、ウバは踊り場から直接見て、美来はカメラのズーム機能で甘楽たちの様子を眺める。

『素敵なお店ですね。秋の爽やかな風が気持ちいいわ』

『気に入ってもらえてよかった。そういえば、紅葉さんはお酒は飲めるほうなの？』

『ん〜、まあ、たしなむ程度には好きですね』

スマートフォンから会話が聞こえる。至って普通にデートを楽しんでいるような内容だ。

（なんだか、本当に甘楽さん、いつも通りだよね……）

本当に犬神筋なのだろうか？　やっぱり思い違いだったかもしれない。

美来が不安を感じる中、朗《ほが》らかな会話は続く。

『ふぅん。お酒より、マタタビのほうが好きだったりして？』

（え……）

美来は目を見開いた。甘楽は何を言っているのか。

『ふふ、冗談かしら。私が猫カフェで働いてるからそう思うんですか？』

『紅葉さんって猫みたいじゃない。可愛くて、ちょっとずるくて、逃げるのがうまくて。でも僕とデートしてくれている今は、こんなにも甘え上手だ。君の店の猫ちゃんもこういう感じだったなって思ったんだよ。……あ、キリマくんは別ね』

『キリマはヤキモチ焼きだから、甘楽さんは嫌われても仕方ないですね』

クスクスとジリンが笑うと、甘楽もつられて笑った。

（今の会話……何か、おかしかった……）

確かに奇妙さを感じた。なんだろう……まるで、『紅葉』の正体が何かわかっているような、そんな口ぶりだった。

（まさかね。だって甘楽さんが知るはずはないもの）

今のは、猫カフェで働く『紅葉』に対する、甘楽なりの冗談。美来はそう結論付ける。

「むっ……何か、おるぞ！」

ぶわんとウバの尻尾が上がった。ボリュームのある白いふわふわ毛がワサワサと逆立っている。

「え、え、何がいるの？」

スマートフォンの画面を凝視しても、甘楽にはなんの変化も見えない。

「今、甘楽の背中に黒い犬の影があった。それが、甘楽の中に入っていったのじゃ」

「え……入った？」

美来が目を見開いた瞬間、甘楽の表情がガラリと変わった。

店員が料理を運んできても、虚空を見つめたまま、ぼうっとしている。まるで魂が抜けたように口が半開きだ。

この表情は、いつか『ねこのふカフェ』にケーキを運んでくれた時も見た。あの時も、甘楽は時々ああやって、ぼんやりしていたのだ。

『……甘楽さん？』

ジリンが注意深く彼の名を呼ぶ。彼はその声でハッとしたみたいに瞬《まばた》きをして、ジリンを見つめる。

そして、目の前にあるパスタにフォークを突っ込むと、ぐるぐるかき回し始めた。

『ああ、なんでなんで、なんで、どうして、何もアイデアが思い浮かばない……』

『甘楽さん？』

『スイーツコンテストは目前なのに、アイデアが思いつかない。どうせ僕の才能はこの程度なんだ。こんなんじゃ、いつまで経っても独立なんてできない……』

ぐるぐるぐる。拳で握ったフォークでパスタをかき回し続ける。

おかしい。明らかに甘楽がおかしくなっている。ジリンが痛ましいものを見るかの如《ごと》く表情を歪《ゆが》めた。

『チガウ……』

『え？』

『コレは、ボクのヤリカタではナイ……』

ぼそぼそと彼が呟いた時、再びウバが「ニャッ」と声を上げる。

「また黒い影じゃ。甘楽に入っていくぞ」

どうやらウバには、美来には見えないものが見えているようだ。さすが化け猫を退治してきた猫神である。

『あははははは！』

甘楽はいきなりけたたましく笑い始めた。周りにいた客もギョッとして振り向く。

『か、甘楽さん、どうしました？』

さすがにジリンが心配そうに声をかける。だが、甘楽の笑いは止まらない。フォークでパスタをぐるぐる巻き付けると、大きく口を開けて頬張り、一口でごくりと呑み込んだ。

『あはははは！　パスタおいしいね、あはははは！』

『か、甘楽さん……』

ジリンが完全に引いている。見守っている美来たちもドン引きだ。

どう見てもおかしい。甘楽が変になっている。

「これはいかん。犬神どもが代わる代わる甘楽に入り込んでは、人格を操作しておるようだの……」

「うん。間違いないね」

ここまで一目瞭然《いちもくりょうぜん》だったとは思わなかった。もしかすると今、甘楽が『甘楽の人格』である時間は、とても少ないのかもしれない。きっと彼の職場であるケーキ屋ではもっと如実に被害が出ているのだ。

『――実は、スイーツコンテストが近いんだよね～。それで新作ケーキの構想とか考えていてさ……』

前に甘楽はそんなことを言っていた。なかなか新作のアイデアが思い浮かばず苦悩しているのは、犬神に取り憑《つ》かれているのが原因なのだろう。

「これはなんとかしなきゃ」

化け猫と化け犬のテリトリー争いどころではない。甘楽がこのままでは、社会生活に支障が出るだろうし、スイーツショップで居場所を失ってしまうかもしれない。

『このパスタから新作スイーツのアイデアが生まれないかな。そうぐるぐるスイーツだよ。ぐるぐるぐる。ぐるぐるぐる。生クリームとイチゴペーストがぐるぐるぐる』

また甘楽の中に違う犬神が入り込んだようだ。彼は指をぐるぐる回しながらブツブツ呟いている。

彼の日常生活を平穏に戻すためにも、早く犬神をなんとかしないといけない。

美来は心からそう思った。

第三章　犬神の慟哭《どうこく》と、不憫《ふびん》な源郎

さて、作戦会議である。

美来たちが甘楽とジリンのデートを尾行した翌日。『ねこのふカフェ』の閉店後、源郎と花代子、化け猫と子猫たち。更に桜坂も加わったところで、美来が甘楽の現状を説明した。

「とにかく、甘楽から犬神の憑依《ひょうい》を剥《は》がさぬことには、何も始まらぬ」

ウバが羽ぼうきみたいな尻尾をふさふさ揺らして厳《おごそ》かに言った。ちなみにブルーにコナ、エメは、彼女の尻尾をオモチャにミャンミャンじゃれている。その様子は思わず見入ってしまうほど可愛いが、美来は渾身《こんしん》の理性で気持ちを抑えつけて頷いた。

「依《よ》り代《しろ》である甘楽を盾にされては、わらわも手が出せぬからのう」

「犬神と話し合いをするにしても、まずは甘楽さんと犬神を離さないといけないってことだね」

美来が言うと、ウバは「うむ」と同意した。

「でも、言うほど簡単にできるものなの？　前に、猫鬼に憑依された人間がいたでしょ。あれなんか、殆《ほとん》ど同化していたけれど」

一年半前の事件を思い出したのか、カウンターで伏せていたジリンが二股の尻尾をくねらせて尋ねる。

すると、美来の膝に座っていたキリマが起き上がって、目の前のカウンターに前足を置いた。

「あれは死んだ人間に取り憑《つ》いていたから同化も同然になっていたんだ。でも、甘楽は生きているし、おそらく犬神どもに取り憑かれたのも最近。それならまだ、剥がせるはずだ」

「問題はその方法だろう。前と同じように、ウバの力で引き剥がすのか？」

キャットタワーのカゴの中にいたモカが言葉をかける。

「そうじゃ。人間に憑依したものは、わらわの力で剥がすことができる。しかし、核を見つけなければ話にならぬ」

「……核？」

花代子が首を傾げた。ウバは大きな三角の耳をぴるっと震わせて、花代子に顔を向ける。

「うむ。甘楽の体のどこかに、憑依《ひょうい》の核があるのじゃ。あやかしどもは、その核を依《よ》り代《しろ》にして取り憑《つ》く。ちなみに、前に退治した赤い目の猫鬼は、人間の心臓を核にしておったな」

「なるほどな。ちなみに、何か目印があるのか？」

キリマが尋ねると、ウバは少し悩み、前足で口元を叩いた。

「そうさな……。目立たぬが、打ち身に似た青痣《あおあざ》があるのが特徴だのう」

「視認できるのなら話は早いわね」

ポンと膝を叩いたのは桜坂だった。皆が桜坂に注目する。

「私に任せてくれる？　甘楽くんの体にある核とやらを見つけてあげるわ」

勝ち気な笑顔を見せる桜坂に、モカは「ニャッ」と驚きの鳴き声を上げた。

「ずいぶんと自信があるようだが……策があるのか？」

「ええ、もちろんよ。大船に乗ったつもりでいてちょうだい」

バチーンと桜坂にウィンクされて、「ウニャ……」とモカが困惑し、カゴの中に顔を隠す。

「まあ、桜坂さんがそう言うんだ。他に手立てがないのなら、彼に任せたほうがいいんじゃないか？」

源郎が少し落ち込んだ様子で言った。

彼は基本的に現実主義者で、オカルトを信じたくないという気持ちがある。それでも目の前で猫たちに喋られて、信じるしかないという現状に晒《さら》されているのだ。更に犬神という新たなあやかしが現れ、甘楽が取り憑かれ、ここ最近はオカルト三昧《ざんまい》。心労が溜まってしかるべしである。

「そうね。じゃあ、桜坂さんに任せてみましょ。甘楽さんの体のどこかに核があるとしても、今の私たちでは、見つけたくても見つけられないんだし」

ジリンがそう言って、ひとまず作戦会議はお開きとなった。


そして、ある日の『ねこのふカフェ』閉店後——

ＣＬＯＳＥの札がかけられた扉がカチャリと開く。

中に入ってきたのは、私服姿の甘楽だ。ヒョコッと顔を出して、辺りを注意深く見回しながら、ゆっくりした歩調で入ってくる。

「お邪魔します……。えーっと、誰もいないの？」

後ろ手で扉を閉め、甘楽が小声で声をかけた。

営業中のカフェとは打って変わって、シンと静まる店内はどこか寂しげだ。猫の鳴き声もしなければ、人の気配もない。

「おかしいな。紅葉さんが折り入って相談があるって言うから来たのに……」

甘楽はキョロキョロと視線を動かして、天井を見上げる。

店の照明はついていた。施錠もされていない。……ということは。

「紅葉さーん、いるんだろ？」

甘楽は先ほどより大きい声を出して呼びかけた。

その時――彼の背中でカチャンと施錠の音がする。

「えっ」

慌てて甘楽は後ろを振り向いた。すると、そこにいたのは紅葉ではなく――

筋骨隆々《きんこつりゅうりゅう》の、厳《いか》つい男の影。

「ええっ」

甘楽の声が裏返る。後ずさった彼の太ももがテーブルに当たった。

ズシャッ……ズシャッ……

男はスキンヘッドをまばゆく光らせて、一歩ずつ近づく。

「ちょっ、まっ、さ、桜坂さんだよね？　にゃんぽぽカフェの。ね？」

そう、男は桜坂だ。やけにシリアスな無表情で、甘楽を親の仇《かたき》の如《ごと》く見据えて、重い一歩を踏み歩く。

どんどん後ろに下がる甘楽と、前進する桜坂。やがて甘楽の背中に壁が当たって、彼の目の前には存在感のある大男、桜坂が立ちはだかる。

「待って！　よくわからないけど落ち着いて！　桜坂さん、キャラ違ってない⁉」

目をぐるぐる回して甘楽が必死にわめく。

すると桜坂は、重々しく口を開いた。

「悪いわね……甘楽。あなたに罪はないけれど」

ごく、と甘楽が生唾を呑み込む。桜坂は何かを覚悟したように息を吸った。

「諦めてちょうだい――」

グワッと桜坂の腕が広がり、むんずと甘楽のジャケットを掴む。

「ひゃわあああやめてええ～～～⁉」

「女みたいな悲鳴を上げないでよ！」

「いやいやいや～！　だって僕のシャツを脱がすから！　いやぁぁああ～！」

ジャケットを脱がされ、Vネックのシャツをめくり上げられ、甘楽は涙目で抵抗する。

「待って桜坂さん、僕そういうケはないんだ。ほんと、まじで！」

「そういうケってどういうケよ。言っとくけど、あんたなんかまったくタイプじゃないわ！」

「何それ失礼！　僕の顔が好きな全国の女の子に謝って！　やだ～‼　そっちはまだ清らかでいたい～‼」

「ええい黙らっしゃいっての。フンッ！」

バサァッとシャツまで脱がされた拍子に、暴《あば》れる甘楽の足が滑って床に転がる。

ゴツッと痛そうな音がした。甘楽の頭が床に強《したた》かに打ち付けられたらしい。そんな彼の上で馬乗りになった桜坂は、つぶさに甘楽の裸体を観察した。

「あった！　脇腹よ！」

「ふむっ、よくやった桜坂よ！」

カウンターの裏に潜《ひそ》んでいたウバがビャッと飛び出した。そして、その体を神々《こうごう》しく白金《はくきん》に光らせる。

「ニャァアアアッ」

まるで遠吠えのように鳴くウバ。すると甘楽の脇腹についていた痣《あざ》が青紫の光を放った。その光はやがて同色の霧《きり》となり、辺りを包み込む。

「グルル……グルォオオオ！」

霧の中から現れたのは黒い犬。もちろん一匹だけではない。二匹、三匹。霧から生まれるかの如《ごと》く、次々と黒い犬たちが現れる。

「やっぱり、甘楽さんに取り憑《つ》いていたんだ……」

ウバと同様にカウンターの裏に隠れていた美来が顔を出す。続いてキリマ、そしてジリン、モカも現れた。

キリマがふいに、ピクッと耳を震わせる。

「だめだ、まだいる。美来、隠れていろ！」

「えっ？」

その鋭い声に美来が目を見開いた途端――ガシャーンと派手にガラスの割れる音がした。

音の方向に目を向けると、割れた窓ガラスを背景に、銀色の毛並みをした一匹の狼が四本足で立っている。

「よくも……暴《あば》いたな。彼ら唯一の居場所を。隠れ家を。安らぎの場所を」

何を言っているのか、まったく理解できない。ただ、狼は酷く怒っているようだった。牙を剥《む》き出し、琥珀色《こはくいろ》の瞳をギラギラと光らせ、猫たちを、そして美来や桜坂を睨んでいる。

「ああ、いつだってそうだ。そもそも人間が悪いのだ。お前たちが愚かなことをしなければ、このような哀れな存在は生まれなかった。すべては、お前たちが原因なのだ！」

グルォッと吠えて、狼が跳躍する。彼の標的は――美来だった。

「美来！」

キリマが叫ぶ。美来を守らんと前に立ちはだかり、その小さな体で狼めがけて跳んでいく。

「キリマ、だめだよ！」

美来は思わず彼を止めた。いつもそう――キリマはいつも、美来を一番に考えてくれる。美来を守りたいと、その一心で体を張ろうとする。

けれども美来は嫌だった。もうキリマが傷つくところも、苦しむところも見たくない。だからずっと、喧嘩《けんか》なんてしないでと訴えていた。

何よりも、美来だってキリマを守りたいから。

（どうしたらいいの。これじゃ、前と同じだ。あの新月の夜と変わらない）

美来は唇を噛む。

思い出すのは、つい先日、『ねこのふカフェ』の前で行われた猫と犬の大戦争。

あの争いを繰り返したくないから回避する手立てを考えたのに、これではまた喧嘩になってしまう。そして、争いのあとには何も残らないだろう。

（ちゃんと話し合わないといけないんだ。私はもっと、犬神のことや狼のことを、理解しないといけない）

けれども、犬も猫も互いに敵対心を燃え上がらせている。話し合いなど、はなからする気もない。

この場において、どうすればいがみ合いを止めることができるだろう。

その時美来は、源郎が拾ったクロタを思い浮かべた。

クロタは自分を拾った源郎に懐いていて、源郎もまた、クロタを可愛がっている。そして、暇を見つけてはコミニュニケーションを取り、クロタが覚えていた芸で遊んでいた。

（そうだ、相手は化け犬であっても犬に変わりはない！　コミュニケーションは取れるはず！）

思えば化け猫――ウバたちだってそうだ。普通の猫と違い、ずいぶん利口で融通《ゆうずう》が利かない時もある。けれどもいつだって、彼女たちはあくまで『猫』だった。

話が通じないわけではない。思いはきっと届くはず。

美来はグッとお腹に力を入れた。そして狼に向かってビシッと指を差す。しっかりと彼の目を見つめて、大声を放った。

「ステイ！」

勢いのままに命令する。

温和な美来にもこんな目ができるのかと思うほどの、服従を強《し》いる鋭い瞳。

その声に驚いたのか、もしくは心に響くものがあったのか。美来が声を張り上げた途端、うなり声を上げていた黒犬たちはみんなその場でお座りをした。ジリンやモカ、ウバまでが背筋を伸ばして座る。キリマなど、跳躍したままお座りしたものだから、地面にポテンと落ちてしまった。

そして狼は——窓から床に降りた瞬間、美来のかけ声でお座りをしていた。尻尾をピンと立てて、直立不動の状態だ。

辺りが、シィンと静まる。

「え……と」

美来は指を差したまま硬直した。まさかこの場にいるあやかしが全員お座りをするとは思わなかったのだ。

しかしこれはチャンスである。美来はカウンターの裏から出てずんずん歩き、狼の前で仁王立《におうだ》ちになった。

「お手っ！」

サッと手の平を出す。すると、狼は若干戸惑った様子を見せながらも、前足を上げて、ぽふっと美来の手の平に乗せた。体が勝手に動いてしまうようだ。

「か、か、か……」

美来がわなわなと震える。そして次の瞬間、全力で狼の頭をわしゃわしゃと撫でた。

「かしこい～！　偉い～！　可愛い～！　なんだ、お利口な犬なんじゃない。お座りやお手ができるなんて、とってもすごいよ！」

美来が褒めちぎって狼の頬をむにむに触っていると、傍《そば》にわらわらと黒犬たちが寄ってきた。

「あなたたちも、ちゃんとお座りができてかしこかったよ。ちゃんとしつけのされている犬だったんだね」

次々に黒犬たちの頭を撫でたり、喉をさすったりする。

「ワウ、クゥン」

「あら……黒犬ちゃんたち、それぞれ、撫でポイントが違うのね」

花代子も近づき、一匹の黒犬の首を両手で撫でた。

「撫でポイント？」

「ええ。みんな同じような見た目だけど、一匹一匹、個性があるみたい。ほら、ここを撫でてって自己主張してるわよ」

花代子が指を差す。美来がそちらを見ると、一匹の黒犬がしきりに耳の辺りを前足で掻《か》いていた。ためしに耳の近くを揉むように撫でてみると、ぴすぴすと鼻を鳴らしてぶんぶんと尻尾を振り始める。

「ううっ……」

美来は涙が出そうになった。感情が溢れ出してしまったのだ。

「可愛いっ！　犬、可愛いよ。私、犬も猫も大好きだよ……！」

犬と猫、それぞれ違いはあれど、どちらも魅力がたっぷりなのだ。優劣をつけるなんてできない。

「み、美来！　俺も、俺もお座りしたんだけど！　俺はだめなのか⁉」

黒犬を撫でながらむせび泣く美来の周りで、キリマがお座りのままぴょんぴょん跳ねている。

「そんなことない。キリマ、ちゃんとお座りしてくれてありがとう。私の声を聞いてくれてありがとう。キリマもかしこくて、大好きだよ」

美来はキリマを抱き上げると、頭を優しく撫でた。腕の中に収まるサイズに、柔らかい毛並み、小さな頭。この愛らしさは猫独特のものだ。たまらない。でも、中型犬のしっかりした毛を撫でるのも捨てがたい。そういうことなのだ。

「まったく、一時はどうなることかと思ったけれど、美来ちゃんが突拍子もないことをしたおかげで、なんとか最悪の事態は免《まぬが》れたようね」

中腰で構えていた桜坂がトントンと腰を叩いて立ち上がった。美来に茶目っ気のある笑顔を見せた彼は、チラと下――甘楽を見て呆れた顔をする。

「あら……この子ったら、気絶してる。道理で静かだと思ったわ」

「桜坂さんがすごい迫力で襲いかかるからですよ……」

「肝の小さい男ね～。まあ、そういう小心者なところが放っておけなくて、人気があるんでしょうけど」

美来も甘楽を見た。彼は床で仰向《あおむ》けになったまま、すっかり意識を失っている。大けがをしている様子には見えないし、ちゃんと息はしているので、このまま放っておいても大丈夫だろう。

美来が薄情なことを考えていると、桜坂は腰に手を当てて明るく笑った。

「それにしても、あの緊迫した場で『ステイ！』とか、普通ないわよ～」

「クロタに芸をしてもらう時に言っていたので、つい口から出たんです」

美来も必死だったのだ。長々した説得なんて意味を成《な》さないと思ったし、すぐに止めなければならない争いだった。

ひとたび戦いが始まれば、美来の声など誰にも届かなかっただろう。

「う……儂《わし》としたことが情けない。つい体が反応して……娘よ、妙なことをやらせるな！」

どうやら美来の勢いに圧《お》される形で、お座りやお手をしてしまったらしい。ハッと我に返った狼が、ガウガウと牙を立てて怒り出した。

「美来に吠えるな！」

フーッとキリマが尻尾を立ててふくらませる。美来はそんなキリマを慌ててぎゅっと抱きしめた。

「だめ、キリマ。今は喧嘩《けんか》する時じゃないよ！」

「う、うぅ……どうして美来は、そんなにも話し合いで解決しようとするんだよ」

「喧嘩では何も解決しなかったからでしょ！」

美来は声を上げて叱ったあと、鋭く狼を睨んだ。

「あなたもだよ。いきなり私たちの前に現れて、この街をナワバリにするなんて一方的に宣言して。そんなことしたら、この子たちが怒るのは当たり前でしょう？　それに、街中のペットたちが怯えている。恐怖で支配するのは、間違っているよ！」

美来がはっきり言うと、狼はムッと表情を歪《ゆが》ませた。

「わ、儂《わし》とて、この方法が最善とは思っておらん。だが、犬神のためには、これしかないのだ。仕方あるまいよ」

「どうしてそれが犬神のためになるの？　ちゃんと説明してくれないと、私たちはわかり合えない。初めて会った時、あなたは言ったよね。どうせ理解できないって」

『言ったところで理解できまい。ぬるま湯に浸《つ》かったぬしではな』

狼は、ウバにそう言ったのだ。吐き捨てるような口調で。

ぬるま湯とはどういうことか。犬神は、狼は、今までどんな風に生きていたのか。

「私は理解したいんだよ。あなたたちのことを」

そっと黒犬の頭に触れる。

犬はもう、牙を剥《む》いたりしなかった。くぅん、と寂しげな声を出して美来に顔を向けると、ぴすぴすと鼻を鳴らす。

狼は困ったように「ワォン」と鳴いて、首を振る。

「困ったものだ。この者たちは元々凶暴な性格をしていない。常に悲しみ、己を哀れみ、嘆くだけの存在。それをなんとか焚《た》きつけて居場所を作ってやろうとしたのに……」

はあ、とため息をつく。

「いつの世も人間は、儂らをいともたやすく翻弄《ほんろう》する。寂しがりなこの者たちに、ぬしの優しさは毒にもなろう」

そう言って、狼はチャカッと爪音を鳴らして前に出る。

「人間の娘よ。優しさには責任を持つがいい」

「え……」

「虐《しいた》げられたものが優しくされたら嬉しくなるものだ。そして、離れがたくなる。ぬしに、この数十匹の犬を世話しろと言ったら、ぬしはどうするつもりだ?」

美来は目を丸くした。そんな彼女を、狼は真剣な目で静かに見つめている。

「そ、それは……」

「できまいよ。わかっている。ぬしの若さや、この家の大きさを見ればわかるさ。さほど儲けているようにも見えぬしな」

狼の言葉を聞いていた花代子が心なしかムッとした顔をする。母が不機嫌になるのは珍しいが、自分の店を貶《けな》されたら、さすがに怒るのだろう。

「ならば娘よ。余計な優しさを与えるな。優しい者に去られるほど悲しいことはないのだ。それは犬神が生前に受けた仕打ちよりもずっと残酷なことなのだと、学ぶがいい」

そのストレートな言葉は、さくっと音を立てて、美来の胸に突き刺さった気がした。

(確かに、いきなりこんなにもたくさんの犬を飼うなんて、できない)

美来の稼ぎには限りがあるし、室内で飼えば家がパンクしてしまう。かといって庭に放し飼いにすれば、間違いなく近所から色々言われるだろうし、下手をすると保健所から指導が入るかもしれない。

美来は犬たちに優しくしたいと思う。けれども、優しくされた犬のことを考えていなかった。

以前、キリマが言っていたことがある。

『初めて優しくされたから。もう、離したくないんだ。孤独に戻りたくないんだ』

美来は安易な気持ちでキリマを拾った。ウバを拾ったのも、そうだ。

可哀想だから。ひとりぼっちだから。自分が可愛がりたいから。

そんな理由で、動物を拾ってきた。

けれども、美来は万能ではない。自分の手で救える生き物なんて、ほんの僅かだ。世の中にいる、すべての悲しい生き物を救うなんて、できない。

「……でも、それでも、私は――」

ぐ、とキリマを抱きしめる力を込めた。キリマが切ない顔で、美来を見上げる。

「私は、この手で救えないから無視するなんて考えは、できないよ」

優しさは毒だからと割り切って、悲しい存在に優しくしないことなど、できるはずがない。

自分の手で助けられないのなら、別の方法で助けたい。

諦めたくない。見て見ぬふりをしたくない。

(ああ、私。きっとすごく、我儘《わがまま》な人間なんだ)

なんて愚かしい。狼が自分をたしなめる気持ちもわかる。

しかし、無責任な優しさは残酷だと言われてもなお、美来は優しくしたい。最後には相手を傷つけるとわかっていても、それでも達観して冷たくするなんてできない。結局は自分がそうしたいだけ。相手のことなど考えていない。

それをエゴイストと言わずしてなんなのだろう。

美来は、まっすぐに狼を見つめた。

「教えてほしい。この子たちに何があったのか。あなたはどうして犬神の味方をしているのか。考えたいの。これからどうすれば、あなたたちが戦わずに済むのかを」

「……娘」

狼が琥珀色《こはくいろ》の瞳を大きく見開く。

その時――キィ、と扉が開く音がした。

皆が一斉に、音がした方向へ目を向ける。すると、扉を開けていたのは――

「お父さん？」

そういえば、この場に源郎がいなかったことを、美来は思い出す。

ジリンが甘楽を呼び出し、桜坂や美来たちが『ねこのふカフェ』に潜《ひそ》んでいた時、源郎だけは家に戻っていたのだ。クロタの散歩と、餌をあげるためである。

源郎は、裏口の扉を開けたまま、ぼうっと立っていた。口は半開きで、目の焦点があっていない。

「げ、源郎さん、どうしたの？」

さすがに奇妙さを感じたのか、花代子がおそるおそる彼の名を呼ぶ。しかし源郎は何も反応しなかった。

桜坂が神妙な顔をして、ゆっくりと源郎に近づく。その瞬間――源郎の顔がカクッと動き、虚《うつ》ろな目で、一歩踏み出した。

その動きはまるで壊れかけのロボット。皆が一歩ずつ後ろに引く。源郎は歩みを止めることなく、がくん、がくんと、歪《いびつ》な足取りでこちらに近づいてきた。

「……お父さん」

美来の背中が寒くなる。花代子も口に両手を当ててオロオロしていた。ウバやモカは一気に臨戦態勢になってうなり声を上げ、ジリンはカウンターに体を隠し、顔だけを出して見守る。

やがて源郎は、犬神たちがたむろするテーブル席までやってきて、足を止めた。

そして、半開きになっていた口を大きく開く。

「ワタ……ワタシ……ハ」

ごくりと皆が生唾を呑む。

「ワタシハ、犬神、ダ」

——え？

美来は花代子や桜坂と目を合わせた。そして、犬神たちに視線を向ける。彼らはもう事を構えるつもりがないらしい。ただ、ジッと源郎を見上げていた。

「そうか、おぬし……。クロタじゃな！」

ハッと気づいたウバが、耳をピンと立てて尻尾をぶんぶん振る。

「えっ、クロタ？」

美来が問い返すと、ウバは「うむっ」と頷いた。

「源郎から漂《ただよ》うこの匂いは、間違いなくクロタのものじゃ。まさかあやつが犬神じゃったとは……」

「ちょっと！　猫神のくせに気づかなかったの～⁉」

ジリンが信じられないとばかりに非難すると、ウバがクワッと目を見開いて「シャーッ」と怒り出す。

「わらわが気付かなんだほど、クロタは脆弱《ぜいじゃく》であるのだ！　クロタは動物の犬と変わらん。わらわがそなたから力を奪い、神使《しんし》にした時よりもか弱き存在なのじゃ！」

「力を奪われた時の僕たちよりも弱いのなら、確かにクロタは動物の犬と変わらない存在だったんだろう。ウバが気づかなかったのも仕方がない。……だが、この状況はどういうことだ？」

　モカがカウンターに飛び乗って、毛を逆立てつつ言う。すると、源郎が首をカクッと傾け、モカに視線を向けた。モカの尻尾が天井に向かってピンッと伸びる。

「同胞……ノ、気配ヲ、強ク感ジタカラ、少シダケ……力、モドッタ」

「な、なるほど。同胞とは、この犬神のことだな」

　体を引きながらも、モカは納得して頷く。

「他ニ人間ガ、イナクテ……源郎ノ体ヲ……借リテシマッタ……スマナイ」

　源郎はカクカクと手を動かし胸に当て、頭を下げて謝罪する。犬神なりに、無理矢理源郎の体に取り憑《つ》いたことを申し訳なく思っているらしい。

「し、して、そなたが突然源郎に憑依《ひょうい》し、わらわたちの前に現れたのは、なんのためじゃ？」

ウバが尋ねると、それが本題とばかりに源郎……いや、クロタは勢い良く顔を上げた。

「我ラノコトヲ、知ッテ、欲シカッタ。犬神ハ、人間ノ言葉ヲ操レナイ。ダカラ源郎ノ体ヲ借リタ。……オ、オマエ、ナラ、我々ノコト……考エテクレルト、思ッタ……カラ」

クロタがまっすぐに見つめたのは、美来。

彼は、美来が狼に言った言葉を聞いていたのだろう。そして心を決めたのだ。

犬神の事情を話そうと。

人間に理解してもらえたら、きっと今の状況を打開できると。

美来の後ろで、深いため息が聞こえる。振り向くと、狼が諦めた様子で下を向いていた。

「まったく……いつの世も、犬は人に甘い。あれだけの仕打ちを受けて、それでも人を信じるのか、ぬしらは」

「神使《しんし》ドノ……スマナイ」

クロタがしゅんとした顔で謝る。

（神使？）

美来は内心眉をひそめた。狼は神使だったのか。しかし、だとすると……なんの神に仕えているのだろう？

そんな疑問が脳裏をよぎるも、今はそれを問うべき時ではない。神使と呼ばれた狼は、静かに佇《たたず》む犬神たちを見回す。

「ぬしらも、そうなのだな。この娘の無責任な優しさに頼りたいのだな」

そう尋ねるも、犬たちは何も答えない。……いや、答えられないのだろう。クロタが言うように、彼らは憑依《ひょうい》しなければ人の言葉を話せないのだ。

「ワウ……」

「ワオンッ、ヴォン」

せめて気持ちを伝えたいのか、何匹かの犬が狼に向かって吠える。それは必死に何かを訴えるような、悲壮な響きだった。

すると狼はフルフルと首を横に振り「よい」と言う。

「わかっておるよ、ぬしらのことは。だから止めはせぬ。身の上話がしたいのならするがいい」

そうして、狼はのそのそと後ろに下がり、店の端で伏せの体勢になった。

「儂《わし》は見守らせてもらおう。……娘、そなたが犬神の話を聞いて、どんな判断を下すのかをな」

ギロリと鋭い眼光で見つめられ、美来の背がぞわっと寒くなる。すぐさまキリマが反応し、狼を睨んだ。

「大丈夫。キリマ……大丈夫だから」

ポンポンと彼の背中を軽く叩いてから、源郎の体を借りるクロタに目を向けた。

「わかったよ。あなたたちのことを、聞かせてもらえる？」

コク、とクロタが頷く。見た目は源郎なので奇妙な気分だが、こうしなければ会話もできないのなら仕方がない。

クロタはゆっくりした口調で、自分たちの身の上話をし始める。しかし、その言葉はたどたどしく、聞き取るのは困難を極めた。

美来はメモを取りながら慎重に聞く。彼の話を要約すると、犬神の置かれた状況は実に悲しいものだった。

——犬神とは、はるか昔の日本で、密かに伝わっていた呪術の生贄《いけにえ》だ。

恨みや憎しみといった怨念《おんねん》を力に変えるため、犬が残酷な方法で首をはねられ、殺された。そうして犬たちの霊をその身に憑《つ》かせた巫女《みこ》や呪術師は、怨念の力で奇跡を起こす。

途切れることのない富。子宝。未来永劫繁栄し続ける家系。

よいことずくめに聞こえるが、業《ごう》の深い呪術であるだけに、その家系は呪いも受けることになる。

……犬神の憑依《ひょうい》だ。

強い怨念を持つ犬神は、己を生贄にして富を得た家系に取り憑く。その血が絶えるまで、子孫に取り憑いていくのだ。

甘楽は、そんな業の深い家系の、末裔《まつえい》。

今代において、犬神が取り憑いていたのは甘楽の祖父であった。けれども、その祖父が先日急逝《きゅうせい》してしまったのだ。

依《よ》り代《しろ》を失った犬神たちは、次の子孫に取り憑こうとする。順番で言えば、祖父の子ども……つまり、甘楽の父親や叔父、叔母なのだが——

彼らは次々に拒絶反応を起こす。中には半狂乱に陥《おちい》り、自殺未遂をした者まで現れた。

「昔……ハ、甘楽家ノ当主ガ、犬神ノ話ヲ口伝《くでん》シテイタノダガ……」

力なくうなだれるクロタに、美来は同情の目を向ける。

「次第に、語り継がれなくなったんだね」

その言葉に、クロタは頷く。彼の周りにいる犬たちも、どこか疲れた様子で俯《うつむ》いていた。

「今代ノ巫女《みこ》ハ、我々ノ話ヲ聞イテクレタ。憑依《ひょうい》モ受ケ入レテクレタ。彼ノ中ハ……トテモ居心地ガヨカッタ」

今代の巫女とは、おそらく甘楽の祖父のことだろう。美来はメモを取る。

「……憑依はな、怨霊とて容易にできるものではないのだ」

クロタの言葉を補足するように、隅っこで伏せの体勢になっていた狼が話し出す。

「今、クロタに憑依されている人間がいい証拠だ。たどたどしい口ぶりに、およそ人間らしくない動作。お前たちも、あまりの不気味さに後ずさりをしていただろう。その憑依は歪《いびつ》であるから、不完全なものになってしまうのだ」

「確かに、今の源郎さんは、どう見てもおかしいわよね」

桜坂が腕を組み、納得したみたいに頷いた。

「同意のない一方的な憑依では、そうなってしまうのだ。人間側も憑依を受け入れなければ、自然な形にはならない」

「甘楽さんのおじいさまは、犬神ちゃんを受け入れていたから、今の源郎さんみたいじゃなかったというわけね～」

花代子が源郎を見ながら言うと、狼が「うむ」と同意する。

「それだけではない。憑依とは、いわば魂の間借りだ。人間の魂を『家』とするなら、犬神はその『家』の中に居候《いそうろう》するようなもの。例えば娘、自分の家に、いきなり土足で複数の人間が押しかけ、居座ったらどう思う？」

唐突に狼から問いかけられ、美来は慌てて考えた。

「え、えっと……そりゃ困るし、出ていってもらうように説得します」

「説得しても聞いてもらえなかったら？」

「うーん……警察に連絡するかな」

「方法は何にしても、突然居座った者を家から追い出そうとするだろう。それは当然の行いだ。人間も動物も、己の領域は守りたいと思うもの。これは魂の話であれ同じだ」

厳《おごそ》かな狼の言葉を聞いて、ウバが耳を伏せてふわふわの尻尾を床に落とす。

「……そうか、人間の魂に拒否されると、人間も、犬神も、苦しむのじゃな」

哀れなことじゃ、とウバが呟く。

「どういうこと？」

ジリンが尋ねると、ウバはゆっくりと犬神たちを眺めた。

「今代の憑依者《ひょうい》が亡くなり、犬神は子孫に憑依しようとしたが、皆、半狂乱になったり自殺未遂をしたりしたと、先ほどクロタが話したであろう？　それが拒絶反応じゃ。同時に、人間のみならず、拒絶された犬神もまた、辛い思いをするのじゃ」

すべては、甘楽家が犬神筋であることが言い伝えられなくなったことが原因なのだろう。もしくは、急速に進化し続ける現代社会のあり方も理由なのかもしれない。

科学とテクノロジーに支配された今、自分たちの血筋が呪術によって栄えた家だと伝えられたところで、信じるものか？

答えは否《いな》だ。くだらない迷信だと切り捨てられるのが関の山。きっと犬神筋の話が口伝《くでん》されなくなったのも、祖先の誰かが信じなかったせいなのだ。

「我々ハ、甘楽ノ血筋ノ誰カニ憑依シナケレバ、存在デキナイ。ダカラ、無理矢理憑依スルシカナカッタ。……ソノ魂ノ中ハ、マルデ……地獄ノ業火《ごうか》ニ焼カレル苦シミダッタ」

魂の持ち主である人間が拒絶すればするほど、その業火は強くなり、犬神を苦しめる。しかし取り憑《つ》く行為をやめることはできなかった。それは自分たちの滅びを意味するからだ。

滅びたくないなら、甘楽の子孫に取り憑くしかない。

けれども、祖父の子供たちは誰もかれもが拒絶した。犬神は苦しみながら、次から次へと憑依先を変えていった。

「我ラハ、魂ノ主ヲ説得シタ。我ラヲ受ケ入レテホシイト……。シカシ、誰モ、我ラノ憑依ヲ許シテクレナカッタ」

「それはそうね。人間は勝手な生き物だもの。先祖の業《ごう》を引き受けるなんてまっぴら。そんなわけのわからないものに憑依されるなんて、誰だって嫌がるに決まってるわ」

ジリンの言葉は薄情に過ぎるが、美来は「そうかもしれない」と思った。

人間が勝手かどうかはともかく……。家の富が、平安時代の呪術が原因と言われても、どうして自分が憑依《ひょうい》されなければならないんだと、嫌がるのは当然だろう。

「でも、同意のない憑依が人間も犬神も苦しめるのなら、今のクロタも苦しんでいるってことなの？」

美来が尋ねると、クロタは俯《うつむ》いた。

「我ハ、コノ犬神タチトハ、少シ……違ウカラ。ケレド、源郎ノ魂ガ悲鳴ヲ上ゲテイル。モウ、出テイカナイト……イケナイ」

「むしろ、ここまで持っているのが驚きだ。儂《わし》は源郎という人間を知らぬが、よほど心が清らかなのだろう。動物に理解があり、魂の器が広いようだな」

狼の説明にジリンが意外そうに目を丸くしたあと、にんまり笑う。

「へぇ……源郎ったら、普段は仏頂面であたしたちのこと邪険に扱うわりに、そんなピュアな一面を持っていたのね。あとでからかってやろ」

「ジリン……」

緊迫した雰囲気でさえ、ジリンはジリンだ。まったく自分のペースを崩さない彼女のスタイルは、ある意味感心してしまう。

美来が呆れた顔でジリンを見ていると、狼が続けて話し出す。

「すべてのきっかけは、今代巫女《みこ》の葬儀だ。巫女の子供たちが全員拒否したのでな、犬神は孫に取り憑《つ》くしかなかった。……それが、そこで伸びておる男よ」

皆の視線が一気に甘楽へと集まる。彼は妙に穏やかな顔でスヤスヤと寝ていた。

「今は犬神が外に出ておるゆえ、魂が休息しておるのだろう。同意もなしに、いきなり魂の中に犬神が居座れば、魂も疲労する」

「それでこんなにも爆睡してるわけか。実は甘楽くんって、意外と苦労性なのかもね」

桜坂が心底同情した声で言う。

「じゃあ、今もお前たちは……苦しんでいるのか?」

美来の腕の中でずっと黙っていたキリマが静かに尋ねる。すると犬神たちは一斉にピクピクッと耳を跳ねさせ、キリマに顔を向けた。

「……イヤ、ソノ男ノ魂ハ……苦痛ハアルガ、意外ト居心地ガヨカッタ」

犬神を代表するように、クロタが言う。

「へえ。本当に意外だな。この男は誰よりも強く拒絶しそうだが」

モカが翡翠色《ひすいいろ》の瞳を丸くすると、狼がため息をついて、立ち上がった。

「それでも、同意のない憑依は歪《いびつ》になる。その男は実際におかしくなっていただろう？」

「……ええ、確かに。甘楽さん、明らかに不自然でした」

これまでの甘楽を思い出して、美来は頷く。会話の途中でぼんやりと虚空を眺めたり、意味不明なことを呟いたり。唐突に記憶を失ってしまうこともあった。ジリンとのデートではもっとおかしくなっていた。あれが、同意のない憑依《ひょうい》の弊害《へいがい》だったのだ。

「他の子孫より居心地が良くとも、いつか拒絶反応を起こして、犬神が魂から追い出されるかもしれない。悩んだ彼らは、儂《わし》のところへ来た」

「なるほどな。そこでようやく、おぬしの正体がわかるというわけか」

ウバがジロリと狼を睨み付ける。すると彼は「フン」と鼻を鳴らして、その場でお座りをした。

「儂はこの街を守る氏神の神使《しんし》じゃ。ぬしや、そこの猫鬼が、境内《けいだい》でうろついていたこともあったぞ」

「えっ、もしかして、私が毎朝散歩している神社の……？」

キリマやウバを拾った神社。その神様の神使だと言うのか。

驚く美来に、狼は「うむ」と頷く。

「神使ゆえ、名はない。ただ、神に召し上げられる生前は、フユと呼ばれていた」

「そうか。そなたの生前は動物の犬で、死後、魂が神使へと昇華したのだな。飼い主はとても信心深く、徳の高い人間だったのだろう」

ウバが納得したように言う。フユは「そうだな」と答えながらも、ブスッとした様子で美来に目を向けた。

「先ほどの娘の号令を聞いて——つい、生前の癖が出てしまったのだ。まったく。儂もまだまだということだな」

「そっか……。犬だったころの飼い主さんのしつけを、死後も体が覚えていたんですね」

「忘れたと思っておったがな。遠い昔の話だ。もはや飼い主の顔も名前も思い出せぬ。だが、愛情をかけられ、決して悪くない思いをしたのだろう」

だから、今もなお、しつけを覚えていたのだ。

美来はなんだか、胸の内が温かくなるのを感じた。フユは口調が厳しく、鋭い目は怖くて近寄りがたい雰囲気を出しているけれど、想像していたよりもずっと自分たちに近しい存在なのかもしれない。

「儂《わし》は普段、狛犬《こまいぬ》の姿で神社に座しておる。そんな儂のところに、犬神たちがやってきた。彼らの境遇を聞き、儂は思ったのだ」

フユは顔を上げ、耳を軽く震わせる。そしてゆっくりと犬神たちを見つめた。

「なぜ、生前に苦しみ抜いた犬神が、今もなお苦しまねばならぬのか。こやつらはな、本来の気性が優しく、人に従順であるせいで、苦痛に耐えてしまうのだ。それではあまりに不憫《ふびん》というもの。だから、儂は提案した。もっと自由に生きるべきだとな」

「それが、今回のナワバリ宣言に繋がるわけ？」

ジリンが問いかける。フユは渋面を浮かべて頷いた。

「犬神は、過去に苦しんだ分、今は楽しく生きるべきなのだ。死してなお人間の意思に振り回されるなど理不尽極まりない。幸い、巫女《みこ》の孫は依《よ》り代《しろ》としての相性が良いようだったからな」

だがしかし、と美来は俯《うつむ》く。

「でも……甘楽さんは間違いなく苦しんでいますよ。フユも言っていたじゃないですか。甘楽さんの魂が疲労しているって。それに……人格がおかしくなったことで、日常生活に支障をきたしています」

犬神は確かに可哀想だ。彼らを拒絶した人たちは薄情だと思うし、助けてあげたいと願う気持ちもある。

だが、甘楽の日常を犠牲《ぎせい》にしてもいいのだろうか。彼はなんの罪もないのに、犬神筋というだけで、平穏な日常を潰されてしまう。

（違う。それは間違っているよ。甘楽さんが犠牲になっていいはずがない）

美来はぎゅっとキリマを抱きしめて、自分の気持ちを確かめる。

「犬神を守ること。人間を守ること。両方を天秤《てんびん》にかけるとしたら、儂は犬神を取る。本来は人の世を守るための神使《しんし》であるが、儂は犬神の味方をすると決めたのだ」

フユはのしのしと歩き、美来の前までやってきた。そして琥珀色《こはくいろ》の瞳をまっすぐに向けてくる。

さすが現役の神使と言おうか。美来が黙っていても、心の奥底まで見透かしてしまいそうな目をしていた。フユの瞳はまるで鏡だ。美来の姿を静かに映している。

「娘。ぬしは言ったな。犬神を理解したいと。そして救う方法を考えたいと。果たして思いついたのか？　どうすれば、依り代に苦痛を与えることなく、犬神が拒絶の業《ごう》火《か》に焼かれることなく、平和的に解決できると思う？」

「そ、それは……」

美来は言葉に詰まった。そんなことを聞かれても、今はまったく思いつかない。フユはそれみたことかと言わんばかりに、大きくため息をついて、頭を垂れた。

「それがぬしの……いや、人間の限界よ。結局は同胞の無事を第一に考えるのだ。心の奥底では、邪魔者は消えてしまえと。厄介な犬神など滅びろと思っているのだ」

「それは違います！」

「では、その男が多少おかしくなっても目を瞑《つぶ》るか？　犬神を守るとは、そういうことだ。彼らを受け入れていた唯一の存在は、すでに冥府《めいふ》へと旅立ったのだから」

さあどうする？

時間がない。クロタが源郎の中にいられる間に答えを示さなければ、彼を落胆させてしまう。けれども焦れば焦るほどに、考えがまとまらなかった。

やっぱり自分には何もできないのだろうか。

「美来……」

キリマが心配そうな顔をして、美来を見つめる。そんな彼の小さな頭を撫でて、俯《うつむ》いた。

犬神筋の人間に憑依《ひょうい》し続けなければ存在できない犬神。

己の魂に犬神を受け入れると、少なからず、その人間の人格に影響を及ぼす。

甘楽が拒絶すれば、いよいよ犬神は居場所を失う。そうすれば彼らは……この世を嘆いたまま、人知れず消えていくのだろう。

美来は無力だ。フユの言う通り、自分の優しくしたいという気持ちは無責任だった。

現状をどうにかできるかも、と期待している犬神たちに申し訳が立たない。彼らの事情を理解して、可哀想だと同情して……結局自分にできるのはそれだけなのだろうか。

「いや、違う」

その時、はっきりと否定の声がした。美来が顔を上げると、ウバがこちらを見つめていた。

ウバはふわふわの尻尾を柔らかく立てて、フユの前に立つ。

「わらわとて、江戸より生きた神よ。人間の薄情さを理解しておる。神もあやかしも、人に望まれ生まれるものであり、人のため尽力したというのに、利用されるだけ利用されて、忘れられ、存在を否定された。これほど悲しいことはない……わらわにも覚えがある」

かつては人の世を守るため、悪い化け猫を退治していた猫神。

しかし、人間にすっかり忘れられて、山の中で孤独に生きていた。

頑張ったのに。人の世を守ったのに。どうしてそっぽを向く？　どうして神を見てくれない？

ウバはずっと、そんな寂しさを心に秘めていたのかもしれない。

彼女は何かを決心したように、金の瞳を強く光らせる。

「犬神たちよ。そなたらが望むのは存在のみなのか？　違うであろう。そなたらは単なる憑依《ひょうい》先が欲しいのではない。自分たちの存在を認めてくれる理解者が欲しいのだ。そうではないのか？」

ゆっくりと、犬神たちを眺めるウバ。黒い犬たちは何も言わない。……何も言えない。だが、否定の仕草は取らなかった。

きっと、本音はそうなのだ。甘楽の祖父とは良い関係を築いていた犬神。だが、祖父が存命だった間にも時代は流れていき、いつの間にか、甘楽の家系はあやかしなどの非現実的な存在を信じなくなってしまった。

それが悲しくないわけがない。彼らの本当の望みは——

「私、思ったんだけど……」

美来が口を開く。源郎に憑依したクロタが、花代子が、桜坂が、化け猫たちみんなが美来に注目した。

「甘楽さんに、話してみたらどうかな？」

しばらく前から甘楽に覚えていた、些細《ささい》な違和感。あれが美来の思い違いでないのなら、甘楽にこの件を話すことが、一番の解決策に思えた。

しかし、フユがすぐに「いかん」と首を横に振る。

「他の犬神筋と同じじゃよ。今はまだ、この男は犬神の存在を知らない。黙って憑依しているから、なんとかその魂に居続けられているのだ。ひとたび犬神のことを知ってしまえば、たちまち拒否反応を起こし、犬神は苦痛から逃げるしかなくなる」

そうしたらもう、犬神は行くところがない。他に甘楽家の犬神筋は残っておらず、甘楽が最後の頼みの綱なのだ。これを手放すということはつまり、犬神の滅びを意味している。

でも、それでは甘楽が可哀想だ。何も知らないまま憑依されて、人格がおかしくなって、周りの人々が気味悪がって離れていく。そんなのはあまりに辛すぎる。

その血の源がしたことを考えると、確かに犬神筋は罪深いのかもしれない。

だが、美来は甘楽を知っている。調子がよくて、ナンパな性格で、女の子が大好き。そして真面目にパティシェの仕事に打ち込んでいる、気のいい男性だ。

血筋に罪があろうとも、彼に罪はない。ならば、彼だけが犠牲《ぎせい》になるのは間違っている。

それが美来の導き出した答えだった。

「フユ。それでも、このままが一番いいとは思っていないでしょう？　ウバが言った通り、この子たちが何よりも欲しいのは、自分たちを受け入れてくれる理解者なんだよ」

美来がはっきり言うと、フユはむむっと眉間に皺を寄せてたじろいた。

「今はまだよくても、もっと甘楽さんがおかしくなって、実生活にも悪影響が出たら、周りも甘楽さん自身も違和感に気づくはず。何も知らない甘楽さんは無意識に犬神を拒絶するかもしれない。そうしたら、魂の中で苦しむのは、犬神だよね？」

ずいっと美来が前に出ると、フユがタジタジと後方に下がる。

「説得しなくちゃいけないんだよ。甘楽さんを」

「源郎の魂から抜けて霊体となったクロタは、もはや消えるしかない。それでどうやって、この犬神筋を説得するというのだ。言っておくが、クロタ以外の犬神は、さほど言葉を操れぬぞ。クロタは犬神の知性も兼ねていたからな」

フユの言葉を聞いた美来は、すぐに案を思いついた。

自分の胸をトンと叩く。

「お父さんから出てきたら、次は私に取り憑《つ》いたらいいよ。クロタは犬神から引き離されたからこそ、犬神筋じゃなくても憑依できるんでしょ?」

「美来！　だめだ。それだけは絶対だめだ！」

美来に抱き上げられていたキリマが慌てて体を起こし、美来の胸元を叩く。

「忘れたのか？　前にも大変な目に遭っただろう！」

そう。美来は以前、赤い目をした猫鬼の放つ死病を浴びたことがある。あやかしによって体の自由が効かなくなるのは恐ろしいことだ。下手をすれば死にも直結する。

キリマの心配はもっともだ。彼は美来の腕の中で、今にも泣き出しそうに悲痛な顔をしている。

「でも、キリマ。犬神が誰かの体を乗っ取らないと言葉が話せないなら、他の人には

「お願いできないよ」

「どうしてだよ。どうして美来はいつも、自分を犠牲《ぎせい》にしようとするんだ。美来がしなくたって、誰かが手を上げてくれるかもしれないだろ！」

そう言って、キリマはぐるっと後ろを向く。

「お母さんだって、桜坂だって、美来がお願いして『イヤだ』って断る人間じゃない。そうだろ⁉」

キリマが確かめるように問いかける。花代子と桜坂は互いに目を合わせると、同時に頷いた。

「そうよ、美来。あなたがすべてを引き受ける必要なんてない。私も、甘楽さんを説得するのが一番いいと思うわ。そのために人の体が必要なら、私の体でもいいんじゃない？」

「ええ。少なくとも、体力と頑丈さは美来ちゃんより私のほうが上だと思うわ。そういう意味でも、美来ちゃんの体を使うのは反対ね。この場で最もふさわしいのは私じゃないかしら」

それは美来に気を遣ったわけではなく、渋々でもなく、心からの言葉なのだとわかった。母は子供を心配するものだし、桜坂の面倒見の良さは昔から知っている。美来が一言お願いすれば、きっと引き受けてくれるのだ。そう確信している。

けれども美来は首を横に振った。そして、キリマの前足を抱き上げて、視線を合わせる。

「違うんだよ、キリマ。私が、この役をやりたいの」

「美来……どうして？」

キリマはアイスブルーの瞳を悲しそうに揺らした。まるでガラス玉のように美しい瞳。美来はキリマの艶《つや》やかな毛並みや、この瞳が、大好きだ。

「最初に、犬神を理解したいと言い出したのは私だよ。優しくしたいと思ったのも私。犬神を助けたい、自分にできることならしてあげたいと思った。けれど、思うだけでは、だめなんだよ」

犬神に限らず、なんだってそうなのだ。

可哀想と同情するだけでは、何も始まらない。無責任な優しさはかえって相手を辛くさせるだけ。野良猫を見て可哀想だから餌をあげた人は、善行をしたと満足して去る。だが、残された野良猫はどうだろう？

そこで待っていても、もう餌は貰えない。結局は人間の気まぐれの施《ほどこ》しだ。けれども猫は何度でもそこに通うだろう。もしかしたらまた、気まぐれで餌が貰えるかもしれないと期待して。

……その期待は、毒だ。助けたいと思ったのなら、ちゃんと助けないといけない。言葉だけじゃなく、その時だけの行動じゃなくて、最後まで関わらないといけない。

「私は、優しさの責任を取りたいの」

例えばそう、キリマを拾った時のような覚悟を持ちたい。

「私はね、キリマを初めて家に入れた時、思ったんだよ。この子の一生は、私が守らなくちゃいけないって。拾ったからにはそうしないといけない。優しくされた相手に裏切られることほど悲しいことはないからね」

美来ならこの状況を打開できるかもしれない。

クロタはそう信じて、自分たちのことを説明してくれた。それなら、期待を裏切りたくない。最後の最後で自分以外の誰かに頼るなんてことは、したくない。

「美来……」

キリマが悲しそうに「ミャア」と鳴いた。こうと決めたら絶対に意思を曲げない美来の頑固さを、キリマはよくわかっているのだろう。だから止めても無駄だと理解している。それでも反対せずにはいられない。

キリマは、美来のことが大好きだからだ。彼の気持ちがよくわかる美来は、ぎゅっとキリマを抱きしめた。

「ごめんね、キリマ」

こんな飼い主でごめんなさい。そうとしか言えない。

「猫も好きで犬も好きで……というか動物全般が好き。しかもキリマ以外の猫も可愛いって思っちゃうし、別の猫カフェに行ったらやっぱりナデナデしたくなるし、どうしてもキリマだけ可愛がるってことができない。キリマの飼い主は私だけなのにね」

考えてみれば、とても自分勝手な人間だなあと、嫌になってしまう。キリマは美来だけだと言ってくれるのに、自分はこんなにも浮気性だ。

人間にたとえてみると、なんとも酷い話だと思う。

「でもね、キリマが傍《そば》にいてくれると一番ホッとする。キリマの頭を撫でている時間が一番幸せだなって思う。私にとってキリマは日常の一部なの。キリマがいるのが当たり前で、キリマがいないと不安になる。……大切な、大切な、私の猫なんだよ」

柔らかく撫で心地のよい頭を優しく撫でて、美来はキリマに微笑みかけた。

「だからごめんね。私は、この手で助けられるものがいるなら、助けたいよ」

この世界で、動物がキリマだけなら良かったのに。

それはあまりに荒唐無稽《こうとうむけい》な望みだ。本当にそうなったとしたら、その時点で世界は壊れているだろう。けれども、そうでもなければ、キリマだけを可愛がることができない。

美来は動物が好きだ。そして桜坂や甘楽、店に来てくれるお客様、みんなが好きだ。好きだから守りたいと思うし、見て見ぬ振りはできない。

それがたとえ、エゴからくる偽善であっても。

美来の腕の中で、キリマは「はあ」とため息をつく。

「わかってる。全部、わかってるよ」

「キリマ……」

「美来の考えてること。美来の人柄。俺は全部理解してる。それでも俺だけを見てもらいたくて、ついつい怒ってしまうけど、俺が言ったところで美来の気持ちが変わるとは思っていない。……最初から、わかってたよ」

キリマは静かに美来を見つめた。そして、少し呆れた様子で笑う。

「でなきゃ、そもそも美来は俺を拾わなかっただろ。美来は誰に対しても優しくて、悲しい存在を無視できないんだ。そして俺は、そんな美来のどうしようもないお人好しさが……好きになったんだからさ」

だから、仕方ない。キリマはそう言って、ゴロゴロと美来に顔を擦り寄せた。

「キリマ、ありがとう」

心の中が穏やかな温もりでいっぱいになる。美来がぎゅっとキリマを抱きしめていると、カウンターから「ニャァ〜ン」と意味深な鳴き声が聞こえた。

「これがほんとの、惚れた弱みね〜」

「うむ。惚れたほうが負けということだな」

ジリンはニヤニヤとキリマを見ており、モカは呆れ顔だ。ウバがため息をつく。

「おぬしらは相変わらず仲がいいのう」

「うるさいな。でも、美来、ひとつだけ条件がある」

ウバたちを睨んだあと、キリマは美来を見つめた。

「美来の体に、一時的に憑依《ひょうい》させるのはいい。だけど俺が危ないと感じたら、すぐにでも止めさせる。クロタを、俺が無理矢理吸い取るからな」

「そ、そんなこと、できるの？」

美来が目を丸くすると、キリマは頷く。

「悪霊の憑依《ひょうい》なんて、呪いも同然だからな。猫鬼は人間から死病などの悪いものを吸い取って、ばらまく力を持っている。だから、クロタの霊だって吸い取ることができるんだ」

でも、と、キリマは言葉を続けた。

「吸い取ったものを、長く溜め込むことはできない。俺がクロタを吐き出した時、クロタはほどなく消滅すると思う。これればかりは仕方がない。クロタもそれでいいよな？」

キリマがクロタに顔を向けると、源郎の姿をしたクロタは、カウンターに寄りかかりながら首を縦に振る。もう、時間切れが近いのだ。

「ソレデイイ。話ヲスル時間ヲクレテ……アリガトウ」

彼の目的は、犬神が平穏に犬神筋の魂と共にあり続けることだ。それさえ達成できれば、自分の存在は消えてもいい……そう考えているのかもしれない。

悲しい、と美来は思った。

どうやってもクロタを救うことはできないのか。……けれども、今は時間がない。

「私もそれでいいよ。キリマ、危なくなったら……助けてくれる？」

キリマを抱き上げながら尋ねると、彼は当然だと言わんばかりに頷いた。

「当たり前だ。俺は美来を守るって、心に決めているんだからな」

きっぱりした言葉に、美来は嬉しくなる。本当に自分は、素敵な猫に出会えて幸せ者だ。

「……ぬしは、どうして……」

美来とキリマが見つめ合っていると、その様子をずっと見ていたフユが呟いた。

「どうして、そこまでするのだ。ぬしにとっては犬神の事情など関係がないはず。ただ犬神が哀れであるというだけで、なぜぬしは己の体を差し出せるのだ？」

心の底から理解できないと言いたげに、フユは困惑の表情で美来を見つめる。

キリマをカウンターに乗せた美来は、ニッコリと彼に微笑みかけた。

「それは、憐憫《れんびん》の気持ちだけじゃないからだよ。フユの質問は、私にとって『どうして人間は生きるのか？』と尋ねているのと同じなんだよ」

「意味が、わからぬ」

フユが「ヴゥゥ」とうなり声を出して俯《うつむ》く。

「つまり私は、犬神の生存本能を大切にしたいの。犬神筋の人たちに拒絶されても、苦しくても、消えたくない。存在し続けたい。その気持ちは、生存本能と同じでしょ？」

フユがキョトンとした。琥珀色《こはくいろ》の瞳がぱちぱちと瞬《まばた》きしている。

「人間が生き続けるのだって、犬神がこの世に存在し続けたいのだって、どちらも理由なんてない。だって本能だから。その、誰もが当たり前に持っている感情は、決して崇高ではないけれど……とても大切な、生物の基本的な感情だと思うんだ」

美来は、その原始的といえる感情を大切にしたい。

哀れみはある。可哀想だと同情しているところもある。けれども、一番尊《たっと》ぶべきものだと思ったのは、犬神がこの世界に存在し続けたいという願いだった。

美来自身が生きたいと思うように、死にたくないと思うように。

犬神も同じなのだ。だから、できる限りの手伝いをしたい。

「そもそも、甘楽さんと話し合ったほうがいいって提案したのは私だしね。犬神たちは、甘楽さんのおじいさんとはわかり合うことができたんでしょ？　それなら私はチャンスを作りたい」

犬神が存在できて、甘楽が犬神を理解して、魂を分け合って生きる。そんな素敵な未来があってもいいじゃないか。そうなってほしいと願いたいじゃないか。

たとえ綺麗事だとしても、絶望的な未来を想像するより、幸せな未来を考えたい。

「アリガトウ……美来」

おぼつかない足取りで、ゆっくりと源郎が、いや、クロタが近づく。

「人間社会デ『ダメデ元々』トイウ言葉ガアル。期待ハデキナイガ……一縷《いちる》ノ希望ニスガルトシヨウ」

源郎から乗り移るためか、指を伸ばし、美来の額《ひたい》に触れた。

美来は、穏やかに微笑みかける。

「楽観的かもしれないけれど――」

チラ、と視線を下げた。そこにいるのは、床に伸びている甘楽。

「大丈夫だよ。少なくとも、犬神の存在を気味悪がったりしないと思う」

根拠はまったくない。単なる直感だ。けれども、どこか説得力がある雰囲気で言う美来に、クロタは不思議そうに首を傾げた。

「だってね、多分……甘楽さんは」

すうっと気が遠くなる。美来は全身麻酔をされた経験はないが、こんな感じになるのかもしれない。

そんなことを考えつつ、美来は気だるい眠気の中で、言葉を続けた。

「キリマたちが化け猫だって、もう、知っている気がする……から」

その言葉を最後に、美来の意識は暗闇に落ちた。

第四章　魂の中で、犬神は慟哭《どうこく》の遠吠えを上げる

自分自身の意識は闇の中にあるのに、別の何かが自分の表層に浮き上がっているのが、感覚でわかる。

遠く聞こえる、自分の声。けれども、自分自身は声を発していない。憑依《ひょうい》とやらは、うまくいったのだろう。

やけに窮屈さを感じた。息苦しいと言おうか、体がないのに狭いとはどういうことだ。

（ああ、ここは――私の魂の中、なのかな）

左右上下、どこを見ても、自分の姿は見えない。手の平を見ようとしても、あるのは暗闇だけだ。

でも、なぜか――怖くはなかった。自分の魂の中だからだろうか？

まるで赤ちゃんに戻って、ゆりかごに入っているみたいだ。ユラユラした感覚は心

地良く、不思議な温かさがあった。

狭苦しさがあるのは、自分の魂に、クロタが入り込んでいるからだろう。

(うまくいくかな)

大丈夫と言ったものの、確信なんてどこにもない。だめかもしれない。この時間が無駄になったら、皆は悲しむだろう。フユは嘆くだろう。

(でも、そうならないといい。甘楽さん……お願いだよ)

美来は祈った。組み合わせる手はないけれど、懸命に祈った。

美来は、甘楽のことを殆《ほとん》ど知らないにも等しい。

けれども、悪人でないのはわかる。そして、いたずらに何かを傷つける人間でもない。

だから祈るしかないのだ。どうか犬神の言葉が、彼に届きますように、と。

(ん……？　なんだろう……)

暗闇の中。ふいに光を感じた。

顔も目もないけれど、美来は光の方向に意識を向ける。

(あれ、私。この感覚……知ってる)

あやかしに体を憑依《ひょうい》させるなんて、もちろん初めてのことだ。それなのに、美来は不思議な既視感を覚えた。

そう遠くない前、同じ感覚を味わったような……

美来が考え込んでいる間にも、光は大きくなっていく。

やがて美来の意識が光に包まれた時、ようやく思い出した。

(そうだ。あの赤い目の猫鬼に、死病の呪いを受けた時と、同じだ――)

つまり、この白い光は、犬神の記憶。

……まぶしさに視界が白くなる。目がないのに見えているだなんて、不思議な話だ。

しばらくすると、白い光は溶けるみたいに消えた。次に現れたのは、見知らぬ土地。

木材を組み立てただけの、どこか原始的な家が並ぶ。

アスファルトで舗装《ほそう》された道路はなく、土と埃《ほこり》にまみれた黄土色の道が続く。

信号機もない。電柱もない。それは、この国のはるか昔の姿――

忌《い》み地があった。

今で言う墓地だろうか。しかし、現代のように整えられた墓地ではない。

金のない平民は、たとえ身内が死んでも、死体は道ばたに遺棄《いき》するしかなかった。

自然と、死体を放置する場所ができた。それが忌み地。用がなければ誰も近づかない、穢《けが》れた地だ。

くぅん、くぅん……

死者しかいないはずのその場所に、悲愴な鳴き声が響く。

それは、生き埋《う》めにされた犬たちの慟哭《どうこく》だ。首だけを出して、体は土の中。飢えが限界に達しているのか、顔は哀れなほどに痩せ細っている。

忌《い》み地に、悲痛な鳴き声がただただ響く。助けなど来ない。ここは誰もが気味悪がって近づかない場所なのだから。

――これが、犬神の始まりだ。

今の美来に唇はないけれど、ぎゅっと下唇を噛みたい気持ちになった。

今すぐにでも助けてあげたい。けれども、これはすでに終わったこと。

犬神の記憶。始まりの物語。誰も救われない、悲しい出来事。

生き埋《う》めにされた犬は複数いた。中には、うち捨てられた死体を食おうと、懸命に首を伸ばす者もいる。しかし、届かない。

犬が苦しむほど、人間は喜んだ。

――もっと、もっと、苦しめ。世を恨め。人間を憎め。その憎悪が、わたしには必要なのだ。

衣服とは言えないぼろぼろの服を着た人間が、暗い哄笑《こうしょう》を上げている。

――理不尽だろう？　不条理だろう？　当然だ。世は歪《いびつ》に出来ている。貴族どもばかりが繁栄し、わたしは彼らに搾取《さくしゅ》されるのみ。

一生。一生だ。この人生は、飢えを知らぬ雅《みやび》な者たちに捧げるためにある。なんて無意味な人生。虐《しいた》げられるために、私は生まれてきたのだ。

いいや、否だ。わたしは諦めない。こんな人生はまっぴらだ。搾取され、辱《はずかし》められるだけの人生など、ごめん被《こうむ》る。

だからお前たちはわたしの生贄《いけにえ》になってもらう。

わたしは、搾取する人間になるのだ。まずはお前たちの恨み辛みを糧《かて》としよう。だから苦しめ、苦しめ、苦しめ！

――今まで、世の不条理に嘆くばかりだった人間が、大罪を犯した。

なんの罪もない犬をたくさん苦しめて、自分の糧としようとしたのだ。

犬は枯れ果てた口からだらだらと唾液をたらし、腐臭漂《ただよ》うその場所を悲しみの涙で濡らし。

どうしてこんな目に遭わなければならないのだと、すべてを憎む。

そうして、限界まで苦しめられたあげく、首をはねられた。

怨恨《えんこん》をたっぷり含んだ首を集めた人間は、禁呪に手を染める。

——蠱毒《こどく》。動物を犠牲《ぎせい》にした、呪われた術。

悪霊と化した犬の霊を集めて力とし、己のためだけに使う。

犬神の誕生だ。彼らの嘆きは利用され、その術を使った人間は、富と繁栄を得た。

なんて勝手な話なのか。美来は怒りに目の前が赤くなった。

確かにその者は世を悲観していたのだろう。決して覆《くつがえ》らない階級社会。雅《みやび》に繁栄していく一部の人間と、搾取《さくしゅ》される人間。

これからも変わらない、理不尽な世界構図だ。

けれども、だからといって他者を虐《しいた》げていいわけがない。弱いものをいたぶり、嘆きや苦しみを糧《かて》に富を得るなんて、罪深いにもほどがある。

美来は怒りに震えた。こんな恐ろしいことを、笑って実行できる人間が怖い。

だが、これはすでに終わった話。

今の美来にはどうしようもできない、過去の出来事。

――アリガトウ。

ふいに誰かの声が聞こえた。今までに聞いたこともない、枯れ果てた老人のようなしゃがれ声。

（もしかして……）

あの声が、クロタが持つ、本当の声なのかもしれない。

――我ラノタメニ怒ッテクレタ。

――嘆イテクレタ。悲シンデクレタ。

――トテモ嬉シイコトダ。忌《い》マワシキ血筋ニモ、娘ニ似タ人間モイタ。

次々と声が聞こえてくる。老婆の声、若い男の声、小さな女の子の声。色々な声が合わさっている。

クロタを通じて、犬神たちが美来に語りかけているのだろうか。

美来は未だ続く、犬神の記憶を見守った。

犬神は霊となってもなお、人間を恨み続けた。その憎悪を利用した巫女《みこ》と呼ばれる祈祷師《きとうし》は、最期には犬神に体を乗っ取られて、正気を失ったように笑いながら自《みずか》ら命を絶つ。その首には、犬の歯形がついていた。

しかし、人ひとりを呪い殺しても、憎悪が消えることはない。一度犬神になってしまえば、二度とただの犬には戻れないのだ。怨霊と化した彼らは、もはや犬ではない。犬神は、己を忌《い》まわしい存在にした元凶の血筋にしか、憑依《ひょうい》することができなかった。だからいっそ、消えてしまおうかと考えた。

自分たちが消えれば、犬神筋の富も繁栄もなくなる。自分たちの怨念《おんねん》が力の源なのだから、当然の話だ。

しかし、どうしても犬神は、自《みずか》ら消えるという選択を取ることができなかった。

犬神の存在は、歴代にわたって語り継がれていく。

悪霊をその身に宿すことで、甘楽という家は繁栄していく。良運に恵まれ、富も得る。

だが、ひとたび犬神に憑依されれば、体の半分を犬神に明け渡すようなものだから、元の自分自身に戻ることはできない。中には人が変わったも同然となり、情緒不安定に陥《おちい》る人もいた。

――あの一族は憑《つ》き物の家だよ。こわやこわや。触らぬ神に祟《たた》りなし。

犬神に憑かれた人間がおかしくなれば、集落の中でそんな噂《うわさ》話も出てくる。町人から忌み嫌われて、結婚に苦労する者もいた。

だから甘楽家は長期間同じ土地に棲《す》むことはなく、転々と棲む場所を移動していき、やがて東の果てで腰を落ち着けた。

犬神は神の名がついていても、本質は神ではなく怨霊だ。ゆえに犬神は決して敬《うやま》われることも、祀《まつ》られることもない。犬神筋は隠すべき祟《たた》り神として伝えられていく。

自分たちの栄華は、尽きぬことのない富は、犬神に祟られているからこそ。

当主は自ら望み、憑依されていた。拒んで犬神に呪い殺されるのも、彼らが消滅して富が消えるのも、嫌だったのだ。

だが、時代は巡る。階級制度は撤廃《てっぱい》され、誰もが平等に生きられる世の中になった。

成功さえ掴めば、誰だって正当に富むことが許される。

明治中期、甘楽家は興《おこ》した会社で大きな利益を得た。

それは犬神の富とはまったく違う性質の、甘楽家が自ら勝ち取った勝利だ。

利益は更なる利益を生み、会社は急成長して……その時代の当主は思った。

もう、犬神は必要ない時代になったのだと。

彼は、犬神の口伝《くでん》を伝えなくなった。今まではすんなりと憑依できていたのに、突然拒絶されて、犬神は戸惑った。

どうして、どうして？

今まではうまくやっていたじゃないか。その魂の隙間に棲《す》まわせてくれたではないか。

我らの力でここまで繁栄したのだ。それなのに、今さら裏切るというのか。

――うるさい、うるさい！

わたしがそう望んだのではない。先祖が勝手にやったことだ。

自分自身の中に、常に別の存在を感じる。他人に聞こえぬ声が聞こえる。その不愉快さ、気味の悪さが、お前にわかるのか。

お前は異物だ。悪霊だ。滅ぶべき存在だ。

もう、お前の富は必要ない。消えろ、犬神！

……犬神の存在が伝えられなくなって、世代が変わった。

犬神は言葉を話せなかったから、無断で憑依《ひょうい》し、直接心に話しかけることでしか、意思を伝えられなかった。

それは普通の人にとってはあまりに奇怪な現象で、受け入れてもらえることはない。

魂は拒絶して、全力で異物を追い出そうとする。

業火《ごうか》に焼かれるような苦しみを常に強《し》いられ、犬神の心は悲しみに満ちた。

そしてようやく気づいたのだ。

もう、自分自身は、憎しみも恨みの気持ちも薄れていることを。

そもそもは人間の自分勝手な欲望のために、おぞましい虐待の末、殺された。

憎んで然《しか》るべきだった。実際に、自分たちを犬神にした巫女《みこ》は呪い殺したはずだ。

それでも世代を重ねて憑依していくうち、少しずつ、一族へ愛着に似た気持ちを覚えてしまった。

そしていつの間にか、犬神にとって甘楽家は、見守るべき存在に変わっていったのだ。

力の源は怨念《おんねん》だったけれど、自分たちの力が、彼らの富に繋がる。

死してなお必要とされていると気づいた時の喜びは、かつて自分たちが犬であったころの記憶と繋がった。

人間の役に立ちたい。褒められたい。喜ばれたい。

頭を撫でてもらって、尻尾を振って、自分の喜びをいっぱい教えたい。

……そう。犬神は、甘楽家をかけがえのないパートナーと感じていた。まるで、飼い主と飼い犬のように。

(だから拒絶されて悲しかったんだね)

美来は心にちくりとした痛みを感じた。犬神は元々優しい性格をしているとフユが言っていたが、まさにその通りだ。

あんなに凄惨《せいさん》な目に遭ったのに、彼らは人間に対する気持ちを思い出してくれた。

美来は、今はない腕を伸ばそうとする。懸命に目を凝《こ》らして、犬神の姿を探そうとした。

(あなたたちは優しい犬だよ。拒絶されても、自《みず》ら消滅する選択が取れなかったのは、生存本能もあるけれど、甘楽さんと一緒に生きたいと思っているからなんだね)

――ソウダ。我ラハ、共ニイタイ。怨霊デモ、迷惑デモ……ソレデモ。

(話し合い、うまくいくといいね。ううん、絶対うまくいく――私は、甘楽さんの優しさを信じているよ)

――アリガトウ。ソウダナ……。我ラハ本当ハ……、タダ、共ニイタイノデハナク、フタタビ……

しゃがれた老人のような声。けれども、その声色は穏やかだった。

突然、カッと辺りが白くなる。美来の意識が再び遠くなり、酷く眠くなっていく。まぶたはないけれど、意識が落ちる寸前。

美来はふんわりと浮かぶ映像を見た。

和《なご》やかな目をしたおじいさんが、たくさんの黒い犬に囲まれて、彼らの頭を優しく撫でている。犬はぴすぴすと鼻を鳴らし、耳をぺたんと寝かせ、ちぎれそうなほど尻尾を振って。

とても、とても、嬉しそうだった――

🐾 🐾 🐾

「――らい、みらい！」

徐々に意識がはっきりとしていく美来の耳に、キリマの声が届く。

「キリマ……」

美来は本能的に手を伸ばした。ちゃんと腕がある。自分の指が見える。その手に自分から寄り添うキリマの毛並みの柔らかさが、ちゃんとわかった。

「ああ、キリマ……本物だ」

「美来！　よかった……本当に心配してたんだからな！」

口調は怒っているのに、喉はゴロゴロと鳴っている。必死に体を擦り寄せているキリマを、美来は心から可愛いと思った。

「クロタの憑依《ひょうい》が長引いて、美来の魂の消耗が激しくなってきたから、俺がクロタを吸い取ったんだ。今は、俺のハラの中にいる」

「そ、そうだったんだ。ありがとう、キリマ」

いつの間にか、美来はソファ席で横になっていた。起き上がって、キリマを抱き上げる。

「それで、お腹の中に……クロタがいるの？」

「長くは保たないぞ。あと、あまり揺らさないでほしい。今も吐き出さないように我慢してるんだから」

そう言ったキリマはムグッと力を入れて口を閉じた。

「呪いを吸い取るところは初めて見たけど、そんな風になるんだね」

見た目は全然変わらないのになあとキリマを見たあと、美来はハッとする。

ついキリマと暢気《のんき》な会話を交わしてしまったけれど、美来に憑依していたクロタがキリマに吸い取られたということは――

「甘楽さん！」

美来が顔を上げて辺りを見回したところ、カウンター席に甘楽が座っている。

「やっほー、元に戻ったんだね、美来ちゃん」

甘楽はいつの間にか復活していた。クロタが美来に憑依したあと、桜坂辺りが甘楽を起こしたのだろう。

「元に戻ったって……。あ、つまり……今まではクロタと話していたということ？」

美来が尋ねると、甘楽はこくりと頷いた。

「そうだよ。今の今まで話してた。カタコトの美来ちゃんはちょっとロボットみたいで面白かったけど、やっぱり今の美来ちゃんのほうが可愛いね」

甘楽がニッコリ笑い、キリマが「ニャァ……」とため息をつく。

「床に伸びてる時は静かだったのに、この通り、すっかりいつもと同じだ」

「そうだね……って。キリマ、今気づいたけど……甘楽さんがいるのに、言葉、話してるね？」

今までのキリマは、決して甘楽の前で言葉を話さなかった。自分が化け猫であることを隠すためだ。しかし、こうやって普通に話しているということは、もう隠す必要がなくなったのだろうか？

甘楽は少し複雑そうな笑みを浮かべて、軽く肩をすくめる。

「言葉を話す猫。美来ちゃんの体を借りて話した犬神。目の前でそこまで見せられたら、信じるしかないよね～。世の中は広いんだって」

あはは、と軽く笑う。

「美来が言った通り、甘楽さんはとても大らかな性格ね。クロタちゃんが自分のことを説明し始めた時も、特に驚いた様子もなく、普通に聞いていたのよ」

カフェの奥、キャットタワーの近くで、眠っている源郎に膝枕をしていた花代子が、美来に声をかけた。

「美来、お疲れ様。体は大丈夫？」

「うん、大丈夫。キリマが助けてくれたから」

「そう、よかった。信じていたけど、やっぱり目の前で変わっちゃうとびっくりするし、心配したもの」

「心配かけてごめんなさい。そ、そんなに変わっちゃった?」

「ええ。源郎さんとは違う感じで、こう……カクカクしてたわよ」

花代子が手だけでロボットみたいな仕草をする。クロタに憑依《ひょうい》された自分はどんな風になっていたのか……。見たくないけど見たいような、怖いもの見たさがある。

「美来ちゃんもあんな顔ができるんだ〜って思うくらい、無表情だったわよ」

近くにいた桜坂も説明してくれた。

「無表情でカクカク……ロボット……。なんとなく想像がつきました……」

取り憑《つ》かれた源郎を思い出しつつ、美来は頷く。今回はこれしか方法がなかったとはいえ、やはり他者に体を操作されるというのは、気持ちのいいことではない。

(でも、犬神筋の人たちは、ずっとそれを受け入れていた)

途中でその言い伝えは止められてしまったけれど、想像していたよりも犬神筋は誠実な一族だったのではないだろうか。

「ところで、お父さんはどうしてしまったの?」

花代子の膝に頭を乗せている源郎は、疲れた様子で寝入っていた。

「魂が摩耗《まもう》しておるのじゃ。普通の人間は、魂に異物を受け入れる隙間などない。犬神筋は巫女《みこ》の血を源流とするものゆえ、元々霊との相性が良いのじゃ」

源郎の近くで、彼を見守っていたウバが言う。

「その証拠に、こんなにも犬神に憑《つ》かれているのに、甘楽さんはけろっとしてるものね」

カウンターの上で座っていたジリンが、尻尾を揺らす。

甘楽はくすりと笑った。

「まあね、少なくとも疲れてはいない。ただ、頭の中がザワザワしてる感じかな。まるで人混みの中にいるような」

甘楽はそう言うと、自分の足元でたむろする黒い犬たちに目を向ける。

「きっとこの子たちが話してるんだろうね」

その瞳があまりに穏やかだったから、美来は驚いた。

「甘楽さん。もしかして……犬神を受け入れている……の？」

問いかけられ、彼は顔を上げてニコリと微笑む。

「受け入れているというか、元から受け入れていたのかもしれない。クロタ、だっけ？　あの独特の話し方にも覚えがあったよ。……僕はね、以前にもクロタを見たはずなんだ。あまり記憶に残ってないけど」

どういうことだろう。美来が首を傾げると、甘楽はふわりと犬神の頭を撫でた。

「僕は昔、じいさんの家に住んでいてね。まあそれには色々理由があって……。小さい僕に、あの人はよく語ってくれたんだ。犬神の話をね」

甘楽が犬の喉をくすぐるように撫でると、その犬はパタパタと尻尾を振った。すると他の犬も撫でてほしそうに、彼の手に寄ってくる。

「じいさんは、少し変わったところがあった。多重人格っていうのかな……だから僕の親も、親戚も、誰も気味悪がって家に近づかなかったんだ。僕には、じいさんと僕しかいないその家が、とても心地良かったんだけど」

「多重人格。憑《つ》かれた人間によくある症状だね」

カウンターの上。ジリンの傍《そば》で伏せていたモカが口を開く。甘楽は肯定するみたいに頷いた。

「クロタから話を聞いた今は、そういうことだったのか～って、納得した気持ちだね」

「それにしても、甘楽さんがすでにおじいさんから犬神の話を聞いていたなんて。そんなそぶりをまったく見せなかったから、わからなかったですよ」

美来はこれまでの甘楽とのやりとりを思い出しながら言う。

彼とはさほど交流を深めていたわけではないけれど、甘楽は明るくて調子の良い、ついでに顔もいい、街の人気パティシェだ。少なくとも美来はそう思っていた。

そんな彼の過去に、あやかしが関わっていたとは、とても考えられなかったのだ。

甘楽は軽く肩をすくめる。

「隠すつもりはなかったけど、別に自分から言うことでもないでしょ？　まあ、この子たちの正体がわかった時に、同類なんだな～って思って、内心ちょっと嬉しかったけれどね」

この子たち、と言いながら見回したのは、ウバやキリマ、ジリンにモカだ。

「……やっぱり、気づいていたんですね」

美来は頷く。なんとなく、予感がしていたのだ。甘楽は、ウバたちが化け猫であることに感づいている、と。

「そこが一番不思議なのよね。甘楽さんの前では普通の猫だったはずなのに、どこでわかったのかしら」

一方、花代子は気づかなかったようだ。おそらく、主に甘楽の相手をしていたのは美来だったからだろう。

「前から意味深なことを言っていたし……。キリマへの話しかけ方が普通の猫に対するものと少し違っていたから、そうなのかなって思っていたんですよ」

ジリンとデートをしていた時に、マタタビが好きなのとからかったり。

キリマのことを『ナイトくん』と称したり。

どれも、他愛もない一言だ。本物の動物相手に言うこともあるかもしれない。けれども美来は、そんな甘楽の言葉の端々に、不思議な意図を感じた。

――僕は知っているよ。

そうほのめかしているみたいに聞こえたのだ。美来がクロタに『大丈夫』と言ったのは、こんな根拠とも言えない直感ゆえだった。

「甘楽さんって、本物の猫に対しては、もっとドライに接しそうな感じがしていたんです。なのに、キリマに話しかける時は、まるでキリマが人の言葉を理解していることをわかっているように見えました。……実は、からかっていたんでしょう？」

会うたびに甘い言葉をかけて、美来をナンパする甘楽。そんな彼に、キリマはいつも敵対心を露わにして、美来を守ろうと立ちはだかっていた。

彼のそのいじらしい姿に、甘楽はつい意地悪がしたくなったのかもしれない。

「はは、当たり。美来ちゃんはのんびり屋さんに見えて、意外と洞察力があるんだね」

「って、ちょっと待て。あれはわざと喧嘩《けんか》売ってたってことか⁉」

ぴーんと尻尾を立てて怒り出すキリマに、甘楽は「まあまあ」と手を上下に振る。

「気づいたのはここ最近だよ。だって君と美来ちゃん、僕がケーキを配達して帰る時、いつもお話しながら店に戻っていたじゃない。だからさ、同類かなって思ったんだよ」

甘楽がそっと撫でたのは、犬神の背中。

「なるほどね。元々あなたはおじいさまから犬神の話を聞いて、あやかしの存在を知っていた。だからあたしたちもあっさり受け入れたというわけね」

ジリンが確かめるように言うと、甘楽は軽くウィンクして「そういうこと」と答える。

「まあ、とはいえ……じいさんから話を聞いていた時は、犬神については殆《ほとん》ど信じていなかったよ。僕の親も、親戚も、じいさんの妄想だって決めつけていたしね」

甘楽は犬神を撫でながら、遠い目をする。

「僕がじいさんの話を信じたのは、じいさんの葬式のあとなんだ」

「本当に最近の話だったんですね」

美来が目を丸くする。彼の祖父が亡くなったのは、つい先日ではなかったか。

「遺品分けをしていた時にね。財産分配で両親や叔父叔母が大喧嘩《おおげんか》する中、僕はひとり、土蔵の整理をしていたんだ。その時、犬神筋のことが書かれた古い手記を見つけたんだよ。おそらくじいさんも、その手記を読んで、犬神の存在を知ったんだろう」

口伝《くでん》では伝わらなかったことが、実は手記によって伝えられていた。それは犬神視点の記憶からは、わからなかったことだ。

「高祖父……だっけ？　そのまた更に二代ほど前のものだったから、僕の六代前のご先祖様になるのか。江戸時代くらいの古い草紙だったよ。まあ、両親や親戚は古いものに興味がないから、土蔵に放って置かれていたんだろうけどね」

なんてことないように話しているが、江戸時代の書物を読める甘楽の知識に驚きだ。古いものに興味がなさそうだったのに、意外すぎる。

「ウウム……。甘楽、君は僕が思っていたよりもずっと、奥深い男だったのだな」

モカも美来と同様のことを思ったらしく、心から感心したみたいに唸った。

「どーも。でも、君とジリンちゃんの詳細な関係を教えてくれない限り、僕は君に褒められてもあまり嬉しくないけどね!!」

「君はまだソレ、根に持ってるのかっ！　存外しつこいやつだな！」

どうやら人間型のモカに対するライバル心は消えていないらしい。ジリンが隣でクスクス笑った。

「あなたって面白い。こんな事態に陥《おちい》っても自分を見失わないし、自分のペースを守ってる。あたし、甘楽さんのことちょっとだけ好きになってきたかも～」

「ジリン～。こういう時に話をかき回すの、やめてください」

美来が非難を込めてジリンを睨んだ。ジリンはあらぬ方向を見てぺろぺろと毛繕いしている。

そんなやりとりを、微笑ましいものを見る目で眺めたあと、甘楽は言葉を続けた。

「まあでもね、書物を読んだからといって、そうだったのかーって信じたかと言えば、そうとも言えなかったよ。正直眉唾というか、半信半疑だったんだ」

「じゃあ……どうして？」

美来は疑問を覚えて首を傾げる。すると、甘楽は意味深に目を細めた。

「君がいたからだよ。キリマくん」

「俺?」

「そう。僕がケーキの配達を終えて帰ろうとした時、君は美来ちゃんに話しかけていた。その声を聞いて……僕はやっと信じたんだ」

彼は周りにたむろする犬神の頭を順番に撫でて、にんまり笑みを浮かべる。

「僕が眉唾と思った摩訶不思議《まかふしぎ》な事象は、意外と身近にあるんだな、ってね」

「なるほどのう。嘘か誠か疑っていたところで、まったく意外な方向から日常的にあやかしが出てきては、信じるしかない。論より証拠、というやつじゃな」

ウバがフムフムと頷いた。

美来もようやく納得する。甘楽が犬神の存在を認めていること。なんのためらいもなく化け猫と会話していること。それらは甘楽自身が祖父から話を聞き、土蔵で手記を読んだという過去があったからこそだったのだ。

「甘楽さんは、私に憑依《ひょうい》したクロタの話を聞いたんですよね?」

美来は立ち上がり、ぎゅっと拳を握りながら甘楽に近づいた。彼はなんてことないように「うん」と頷く。

「聞いたよ、犬神の事情。じいさんが死んだあと、僕に黙って憑依《ひょうい》していたこともね。そのおかげで、僕が時々おかしくなってたことも、全部話してくれたよ」

甘楽はヤレヤレと言いたげにため息をつく。

「変だと思ったんだよね～。間違いなく記憶が飛んでたし、あの鬼オーナーが真剣に僕のこと心配してくれたし。せっかく紅葉……いや、ジリンちゃんとデートできた時だって、なんだか記憶があやふやだったし。本当に困ってたんだよね～」

かしかしと甘楽が頭を掻《か》く。

人格が突然変わったり、記憶が定かでなかったり……犬神に憑《つ》かれるというのは、確かに、デメリットのほうが多く感じる。というより、今となっては、メリットはないのだろう。

彼らを魂に受け入れることは、原初に罪を犯した巫女《みこ》の……甘楽家の、罪滅ぼしなのだ。

だから、これは自分勝手な願いだ。美来はそう自覚しつつも、彼へ訴えずにはいられなかった。

「甘楽さん。私……クロタに体を乗っ取られている時、彼の過去を見ました」

残酷な仕打ちを受けて殺されたこと。怨霊になって、怨念《おんねん》の力を人間の富と繁栄に利用されてしまったこと。

そして犬神筋にしか、取り憑くことができないこと。

「犬神が消えたくないと望んでいるのは、犬神筋を祟《たた》りたいからじゃないんです。彼らは犬神という祟り神になってしまったけれど……それでも、ただの犬として、主人の傍《そば》にいたいんだと思うんです」

拳を握ったまま、美来は訴え続ける。あの時、意識だけになった美来が見た、クロタの過去。悲痛な思い。切ないほどの、人間と共にいたいという願い。

「我《わ》が儘《まま》だって承知してます。甘楽さんのこれからが大変になるということも……。だけどどうか、犬神と共存する方法を考えてほしいんです」

甘楽が犬神と心の中で話し合って、周りからおかしいと思われないように生きていく……そんな選択が取れないだろうか。

「お願いします。私に協力できることがあるならいくらでも手伝いますけど、犬神たちを受け入れられるのは、甘楽さんだけなんです」

祈るように、願うように。美来は甘楽をまっすぐに見つめた。

こんな言葉で通じるとは思えない。でも、今の美来にできるのは、甘楽を説得することだけだ。

……なんて無力なんだろう。けれども、言葉を交わすことは人間にできる最良の平和的交渉の方法の方法だ。

甘楽のおじいさんが語ったこと。甘楽の先祖が手記を残したこと。犬神の願い。クロタが美来に望みをかけたこと。

すべてに意味があったのだと思いたい。甘楽に、その思いが届いてほしい。

しばらく、『ねこのふカフェ』に静寂が落ちた。

外はすっかり夜の帳《とばり》が降りていて、フユが割った窓から、秋の冷たい夜風が入ってくる。

「──いいよ」

サラッとした答えが聞こえた。声の主は、もちろん甘楽だ。

彼の返事は、まるで「今日は外に食べに行く？」と聞かれた時のような軽さだった。

「え……」

「ま、待て。ぬしよ。今の発言は、深く考えてのことか？」

ずっと黙っていたフユが、驚きの声を出して近づく。彼はクロタが美来に取り憑《つ》いて、甘楽に説明している時からずっと見守っていたのだろう。

人間ふぜいがどこまで受け入れるのか、そんな風に思って見ていたのかもしれない。

だが、あまりに甘楽があっさりと了承するので、つい口を出してしまった、という様子だ。

甘楽はニッコリ笑顔でこくりと頷く。

「うん。実はそこまで深くは考えてないよ。だって考えても仕方ないじゃん？」

「ぬ、ぬしよ。安請け合いはいかんぞ。犬神をぬか喜びさせてはならぬ。ちゃんと、よくよく考えて――」

「僕から言える条件はひとつだけだ。それさえ守ってくれたら、僕と一緒においでよ、犬神」

甘楽がぽふっと、一匹の犬神の頭をさする。

「条件……だと？」

フユが心底不思議そうに、琥珀色《こはくいろ》の目をぱちくりと瞬《しばたた》かせた。

第五章　神使《しんし》は平穏を取り戻し、犬神は新たな宿主を手に入れる

　カランカラン。

『ねこのふカフェ』に、今日も明るい鐘の音が鳴る。

午後十二時のランチタイム。モーニングは終わりを告げ、猫キャストが勢揃いした猫カフェの時間が始まる。

今日は土曜日。開店時間から店の席はすべて埋《う》まって、文句なしの盛況ぶりだ。

「キリマちゃん、こんにちは～」

最近、やけにキリマにご執心《しゅうしん》なサラリーマン風の男性客は、今日は私服でのご登場だ。キリマは一瞬困った顔をしたが、これも仕事だと腹をくくり、精一杯の愛想とともに走っていく。

「にゃーん!」

「わっほーいキュート!　キリマちゃん!」

客から抱っこをするのは原則禁止だが、猫が膝に乗ったり、胸に擦りよってきたりした時は別だ。たくましい腕にすっぽり入ったキリマを、男は愛おしそうにナデナデする。

キリマは耳を寝かせて、心底嫌そうに肩を落とした。

「モカくん。元気になったんだね！」

一方、ソファ席では、ローテーブルに乗ったモカの背中を、三人の女性が取り囲んで撫でている。モカは上機嫌の様子で尻尾を上下させつつ「みゃん」と可愛く鳴いて、女性の胸にすり寄った。

「ちょっと前に来た時は、ぐったりしてたよね〜」

「何かあったのかな？　そういえば、最近、犬の遠吠えを聞かなくなったね」

女性客のひとりが、モカの頭を撫でながら言う。ピクッとモカの耳が揺れた。

「ちょっとした騒ぎになってたよね。テレビのニュースにもなってたし」

「野良犬に注意、近づかないでってやつだよね。ペットが怖がって困るとか言ってたな」

モカの柔らかい三色の毛並みを撫でつつ、女性客がニッコリと笑う。

「まあ、いつの間にか落ち着いたみたいだし、よかったね！」

「そうそう。モカくんも元気になったし」

「今日は離さないぞ、モカくん。うりうり～」

女の子に囲まれて、喉の気持ちいいところをスリスリ撫でられて、モカは非常にご満悦だ。男の腕に抱かれたキリマがゲンナリと尻尾を落とす。

「ウニャァアア……」

その時、中年男性がわざと猫なで声を出したような、低い鳴き声が聞こえた。

「ウニャーウニャーアア！」

それは台座に座るウバの声だった。今日は開店から盛況であるのに、皆、ランチに舌鼓《したつづみ》を打ったり、キリマやモカをかまったりしてばかり。そして他の客にはジリンが愛想を振りまいている。

誰も台座に近寄らないので、ウバはご立腹なのである。

「ニャ、ウニャ！」

べしべしと賽銭箱《さいせんばこ》を叩く。あからさまな賽銭の催促《さいそく》である。

接客で手一杯の美来は、ランチを運びながら「あちゃ～」と肩を落とした。

（さすがに意地汚いよ、ウバ！　神様なんだから、もうちょっとドッシリ構えてい

てよ）

ただでさえ図体がでかいのに。そう美来が思っていると、ウバは何を考えたのかのっしりとその場で立ち上がる。

「ニャアア〜！」

まるで犬の遠吠えの如《ごと》く鳴いた途端、ウバのふわふわ毛並みに隠れていた子猫たちがぴょこぴょこと現れた。

「ニャ〜」

「ミャーミャー」

「ミャウッ」

小さな尻尾とお尻をふりふり、エメ、コナ、ブルーは、ウバの腹に潜り込んで何かをしている。一生懸命な子猫たちの姿に、近くにいた客たちはたちまちめろめろになった。

やがて子猫たちは、ふんふんと鼻息荒く、どこか誇らしげに、何かをくわえて起き上がった。エメとブルーは、揃って同じ麻ヒモをくわえている。くいっとひっぱると、そのヒモには三角形の旗がたくさんついていた。

そしてコナがくわえたストローには、手作りのノボリが巻き付けてある。

『家内安全』

『商売繁盛』

ノボリの裏と表に、そんな文字が書かれていた。あの丸い筆跡は、花代子だろう。

「ニャァァアア～ニャア！」

ベエシ！

ウバが力強く賽銭箱《さいせんばこ》を前足で叩く。客たちは食事も忘れて、ごくりと唾を呑んだ。

なんというか、見事なほどに露骨な賽銭要求だ。子猫にまであんな芸をさせるなんて、どれだけ欲深いのか。

その時、ウバの傍にスススと花代子が近づいていく。

「ご来店の皆様。今日はスペシャルサービスデーになります。こちら、ウバちゃんのお賽銭箱に小銭を入れてくださいますと、なんと猫ちゃんグルーミングに参加できまーす」

シャキンと取り出したのは、猫用ブラシ。

「これらのブラシは、それぞれの猫キャストの愛用ブラシです。優しく優しく、猫ちゃんの毛を梳《す》いてくださいね！　はい、お一人様十分になります」

花代子がそう言った途端、客たちはせわしなく席を立ち、チャリンチャリンと小銭を賽銭箱に入れた。そしてニッコリ笑顔の花代子からブラシを受け取る。

「わ～！　グルーミングさせてもらえるなんて、嬉しすぎる！」

「私、一度でいいからウバちゃんのモコモコ毛、梳《と》かしてみたかったんだ～」

ウバはたくさん賽銭が貰えてご満悦だ。よくやったぞと言わんばかりに、子猫へ順番に毛繕いをしている。

そんなウバのふわふわ白毛を、客はご機嫌顔で梳いていた。

「ふわふわ～。すご～い。柔らかくて気持ちいい～」

一方、美来がキリマのほうに目を向けると、彼もまた、男性客に毛を梳かれていた。

『うう、俺の毛を梳いていいのは美来だけなのに……っ』

そんなことを言っていいそうなほど悲愴な顔をして、美来を見つめている。

『ごめんね、キリマ……。頑張って！』

ここは応援するしかない。美来はグッと拳を握ってキリマを元気づけた。

その時、美来のすぐ傍《そば》で、チリンと鈴の音がする。

ジリンのお気に入りの首輪の音だ。振り向くと、いつの間にこちらへ来ていたのか、彼女がカウンターをしゃなりしゃなりと歩いていた。

そして行儀良くお座りする。

(そういえば、ジリンは他人に毛を梳《す》かれたくないんだった)

愛想がばつぐんに良いが、こだわりが強いのもジリンの特徴だ。彼女は基本的に、花代子以外がブラシを入れるのを好まない。

だからグルーミングタイムには参加する気がないのだろう。「あたしには関係ないわ」とばかりの顔で、毛繕いをしている。

彼女はふいに、スッと顔を向こうに向けた。その視線の先にいるのは、厨房《ちゅうぼう》で黙々と料理を作る、源郎だ。

(お父さん……)

美来は胸に手を置いて、ぎゅっと拳を作った。

「美来、三番テーブルのランチ、できたぞ」

源郎はいつも通りの口調で、いつもと変わらない出来映えの、おいしそうなランチをカウンターに置く。

「う、うん」

返事をして、美来はトレーにランチを載せた。

そしてチラ、と源郎を見る。彼は目を伏せて、静かにコーヒーを淹れていた。

……元気がない。

それも当然か、と美来は思った。

そう。源郎が可愛がっていたクロタは、もう、どこにもいないのだ。

キリマに吸い取られて、そして……

(お父さん、すごく、寂しそう)

拾われたクロタが懐くほど、源郎はクロタに愛情を注いでいた。それが別れの言葉もなく、ある日突然消えてしまったとなれば、悲しいに決まっている。しかもクロタは動物の犬ではなく、犬神の良心だった。悪霊であるクロタは、誰かに憑依《ひょうい》しなくては存在し続けられない。

源郎は、自分がクロタに乗り移られていたということを聞いた時よりも、クロタが消えたことを知った時のほうが、ショックが強かったようだ。

仕事は真面目にこなしているけれど、閉店時間を過ぎると、窓を見ながらため息をつく姿をよく見かける。

美来も、クロタの消滅だけは心残りだった。

(でも、どうにもならない……よね)

あの日、甘楽が犬神を受け入れると頷いた直後。腹に怨霊を溜め込むのが限界に達していたキリマは、ついに口からポワッと吐き出してしまった。

現れたのは、幻想的なほどに美しい、青白い火の玉。

まるでクロタを労《ねぎら》うようにフユが遠吠えをすると、つられたのか、それとも彼らもクロタに何かを伝えたかったのか、犬神も次々と遠吠えをした。

そして彼らに見守られる中、青白い火の玉は、ふわりとかき消えたのだ。

言葉すらかけられないまま、ただひとり、虚空に溶けたクロタの魂。

あまりにあっけない別れだったからだろうか。美来もクロタのことが、どうしても割り切れずにいた。

繁忙の土日を越えると、週一回の定休日、月曜日が来る。

秋も中頃。木々の葉はすっかり秋色に染まっていて、頬を撫でる風はほんのり冬の寒さを孕《はら》んでいた。

その日は、葬儀のために家族全員で外出していた。美来は帰り道の途中で車を停めてもらって、源郎に礼を言いながら降りる。

そのまま家に向かって走り去っていく車を見送って、美来は顔を上げた。

古い石造りの階段。その先に見える、朱色の鳥居。

美来は足元に気をつけながら一段ずつ上がっていった。ここは毎朝の散歩に参拝している近所の神社だ。

鳥居をくぐって境内《けいだい》に入ると、枯れた手水舎《ちょうずや》と古びた本殿があった。建物といえば、他には小さな社務所くらいしかない。

そういえば、この社務所にはどの時間に参拝しても、人がいる気配がないことを美来は思い出した。普段は管理者も来ないほど、寂《さび》れた神社なのかもしれない。

今日も美来以外には人の姿が見当たらなかった。とりあえずは参拝しようと、本殿前に立ち、賽銭《さいせん》を投げる。

ゴロンガロン。錆びた鈴を振ると、くぐもった金属の音がした。

「——死の匂いがするな。墓所にでも行ったのか」

ふっと美来の背中に、冷たい風が吹く。振り向くと、白銀《はくぎん》の毛並みを持つ狼が、琥《こ》珀色《はくいろ》の瞳で美来を見つめていた。

「フユ」

「ぬしはその呼び名がすっかり気に入ったようだな。儂《わし》はもうフユでなく、この社《やしろ》に祀《まつ》られた神の神使《しんし》だというのに、まったく」

「言いやすいからつい。ごめんなさい。嫌なら神使って呼ぶよ」

「ぬしの好きに呼ぶがいい。儂はそんな細かいことでいちいち腹を立てたりせぬ」

フン、とフユはそっぽを向く。実のところは嫌がっているのか、それとも生前の名で呼ばれることが存外悪くないと思っているのか、その表情からは読みとれなかった。

寂しげな境内《けいだい》には、くすんだ色の狛犬《こまいぬ》が二匹、鎮座《ちんざ》している。フユはどちらか一方の狛犬なのだろう。

美来は腕時計を見た。そろそろ——約束の時間だ。

しばらくすると、境内の裏からウバとキリマ、そしてジリン、モカがやって来た。

そして反対側の入り口から入ってきたのは、ふわふわ天然パーマが似合う、どこか軽薄な雰囲気を湛《たた》えた男、甘楽。

「や、昨日ぶり」

「はい。昨日配達してもらった季節のケーキ、おいしいって評判でしたよ」

美来の足元には化け猫が集まっている。甘楽が近づくと、ふわっと辺りに黒い霞《かすみ》が漂《ただよ》って、十数匹の黒い犬神が現れた。

「そう？　よかった。実はあれ、スイーツコンテストに出そうと思ってる品なんだよ」

「ああ！　ようやく作れたんですね。よかったですね！」

「ほんと。ギリギリの完成だったよ～。でも間に合ってよかった」

そう言って、甘楽はぽふぽふと犬神の頭を撫でる。

「この子たちが僕の言うことを聞いてくれるようになったからね」

「ワフワフッ」

犬神が、甘楽に頭を撫でられてご満悦の表情をした。自分の頭も撫でろと言わんばかりに、他の犬神がぴすぴすと鼻を鳴らして、ズボッと甘楽の足の間に首を突っ込んだ。

フユが若干呆れたようにため息をつく。

「当代の巫女《みこ》も相変わらずの様子だな」

「巫女って言い方やめてよ～。女の子みたいじゃない」

「源流は巫女だったのだから仕方ない。祈祷師《きとうし》でも山伏でもないのだから。まあ、本来は女ではなく蠱と書くのだが、音は同じだろう？」

気にするなと、フユはそっけなく言う。

「それにしても甘楽らしいと言うか。犬神を受け入れる条件を聞いた時は言葉を失ってしまったな」

後ろ足で耳を掻《か》いたモカが、ジト目で甘楽を見上げる。

「あたしは笑っちゃったけどね」

クスクスとジリンが笑う。美来も、あの日のことを思い出すと、なんだかおかしくなった。

「女の子を口説《くど》いている時に邪魔さえしなければ取り憑《つ》いてもいい……だったよね？」

そう、甘楽は、憑依《ひょうい》の条件としてそんなことを口にしたのだ。

フユがげんなりした様子で肩を落とす。

「世の中には様々な人間がいる。そうわかっていたのに……思わず目を剥《む》いてしまったぞ」

「『ぬしの頭にはおなごしかおらぬのか⁉』って、すごい勢いで突っ込んでたもんな。でも気持ちはわかるぞ。俺だって甘楽のナンパな性格には心から呆れている」

キリマが同情するような口調でフユに言う。

すると甘楽が「ええ～っ」と不満げに唇を尖らせた。

「僕にとって、可愛い女の子を口説くのはライフワークなんだよ。唯一の趣味なんだから、邪魔されたくないに決まってるじゃないか」

「なんという悪趣味なのじゃ。そこまで行くと、もはや尊敬の域だわい」

ウバがヤレヤレと首を横に振る。

甘楽は皆に呆れられながらも明るく笑って、本殿の石階段に腰かけた。犬たちは行儀良くその場でお座りをする。この統率は、さすが犬だと美来は感心した。

「ま、獣医の必要がないペットを飼ったとでも思っておくよ。餌代もいらないしさ」

「得な性格だな……」

モカがしみじみ言って、首をカクッと落とす。

「僕の性格について、言い訳をするつもりはないんだけどね。甘楽家ってさ、お金だけはあったけど、僕にとってはあまりいい家ってわけじゃなかったんだよね～」

澄み切った秋の青空を眺めて、甘楽が独白する。

「人間関係が最悪っていうのかな。みんな仲が悪かったよ。法事なんかで会うとお金の話ばかり。両親の仲も険悪だったんだ」

よほど酷い人間関係を見てきたのだろう。いつも明るい甘楽の瞳が、少しだけ翳《かげ》っていた。美来はふと、甘楽が話してくれた昔話を思い出す。

「もしかして、小さいころにおじいさんの家に住んでいたっていうのは、それが理由ですか？」

「アタリ～。幼心にうんざりするような両親でさ～。離婚調停中は、じいさんの家に住んでいたんだ。父も母も自分勝手だったし、近づきたくなかったからね」

そよそよと、肌寒い風が吹く。木の下で絨毯《じゅうたん》になっていた木の葉が、風に乗って飛んでいった。

「僕は父に引き取られることになったとはいえ、それは戸籍上のことだけで……じいさんの家で暮らしていた。高校からは東京に戻ったけれど、ずっと寮でひとり暮らししてたんだ」

高校生にしては特殊な生活環境だ。両親の離婚にも、ひとり暮らしにも、まったく縁のない美来は目を丸くしてしまう。すると甘楽が意味深に微笑みかけた。

「父には恋人がいた。母にもいたけどね。だから離婚して即再婚だよ。すぐに子供もできた。いや、調停中にできていたのかもしれない。だから僕は邪魔者だったんだよね」

「なるほど。金だけはあるから、息子をひとり暮らしさせるくらいの援助はできたのだな」

モカが尻尾をくねらせて、頷く。

「そういうこと。でもさ〜その再婚相手とも、今は険悪な仲みたい。本当ね、甘楽家って、人間関係が最悪なんだよ。良好だったのは、僕とじいさんくらいだったんじゃないかな?」

「ふむ……それは、もしやすると因果が原因かもしれぬな」

ウバが厳《おごそ》かな口調で言った。「インガ?」と甘楽が首を傾げると、フユがのそりと彼に近づく。

「すべての言動が、後《のち》の運命を決定させるということだ。原初の巫女《みこ》が犬神を使って富と繁栄を得た代わりに、悪縁を呼び寄せる運命が決定したのだろう」

「ふぅん……なるほど。そう言われると、腑《ふ》に落ちる部分がいくつかあるね。僕、女運も友達運も全然なくてさ〜。小中高とほぼボッチだったし、女の子とは長続きしなかったし」

「そ、そうだったんですね。すごく意外です」

美来は驚いた。甘楽は、およそ人間関係で苦労しているようには見えなかったのだ。友達がたくさんいて、ガールフレンドが途切れない、そんなイメージを抱いていた。

「僕に優しくしてくれたのは、じいさんくらいだよ。時々人格が変わったけど、穏やかで面白い人だった。あとは今のケーキ屋のオーナーかな。しょっちゅう怒るし、僕の扱いがほんと雑だけど、クビにはしないし」

あはは、と甘楽は明るく笑う。こんな様子でまったく辛そうに見えないから誤解してしまいかねないけれど、彼の言葉をよく思い返すと、本当に人間関係で苦労したのが垣間見えた。友と呼べる人も、心を許せる異性もいなくて、おそらくはパティシエになっても雇い先で長く続かなかったのだろう。今のケーキ屋のオーナーと出会うまで、彼が転々と働き先を変えていたのが、なんとなく察せられる。

美来が胸に痛みを感じていると、キリマが心配そうに見上げた。その時、大人しく座っていた犬神の一匹がヒョコッと立ち上がって、甘楽に近づく。

「ん、何？」

甘楽が犬神に尋ねる。

「ワウー、バウッ」

「バウバウ」

他の犬が鳴き始めた。どうやら甘楽に話しかけているらしい。彼は時々相づちを打って、それを聞いていた。

「美来ちゃんに憑依《ひょうい》して、僕に話をしてくれたクロタ。彼はね、じいさんによって生み出された犬神らしいよ」

「おじいさんに……生み出された？」

美来はぱちぱちと目を瞬《しばたた》かせた。

「じいさんは、同情とか犬神筋の義務とかじゃなくて、まるで飼い犬みたいに犬神と接していたんだ。それが理由かはわからないけれど、じいさんと接しているうちに、犬神はクロタを生み出したんだってさ」

「ふむ……」

甘楽の言葉を聞き、フユは犬神たちの傍《そば》に行くと、ふんふんと匂いを嗅《か》ぐように鼻を鳴らした。

「ぬしらがクロタと呼ぶものは、犬神の良心だ。人間の優しさに触れて、怨恨《えんこん》以外の感情を生み出したのだろう。まあ、儂《わし》が追い出してしまったのだがな」

「クロタ……」

美来は悲しみに目を伏せた。顔を上げると、さらりと秋風が頬を撫でる。

「さっき、クロタの葬儀をしてきたよ」

静かな口調で言うと、皆が黙って頷いた。

「クロタというより、クロタが憑依《ひょうい》していた犬なんだけどね」

「うむ」

ウバが相づちを打つ。キリマがぴょんと跳んで美来の肩に飛び乗り、口を開く。

「クロタは悪霊だ。言葉を話すために源郎に取り憑《つ》いた時点で、犬の肉体は手放さなくてはいけなかった。そして、一度入った魂には、もう二度と入れないんだ」

仕方ないよ、と言うキリマに、美来は「そうだね」と答えて、空を見上げた。

フユによって犬神から引き剥《は》がされてしまったクロタは、悪霊となってしばらく街を彷徨《さまよ》っていたらしい。そして、交通事故で死んだばかりの犬を見つけて、すぐさま乗り移った。

クロタの背中の傷、そして皮膚病だと思っていた患部は、事故による怪我が原因だったのだ。クロタの元になった犬の身元は不明だが、迷い犬の捜索の話はなかったので、おそらくは野良犬だったのだろう。

キリマが取り込んでいたクロタが消えたあと、リビングに戻ったら、その犬の死体が寂しげに残っていた。手作りの首輪は消えていて、なんと犬種も変わっていたのだ。元の犬は、茶色の毛並みをした雑種だった。

美来は花代子と源郎と色々話し合ったあと、その名も知らない犬を埋葬《まいそう》することにした。ペット霊園で火葬し、共同の墓に入れてもらったのだ。

「クロタがつけていた首輪は、クロタ自身のものだったんだね」

「甘楽のじいさんが作ったものなんじゃないかな。そうとしか思えないよ」

「もしかして、手編《てあ》みのミサンガがついてるやつ？」

美来とキリマが話していると、甘楽が思い出したように言う。

「ずいぶん昔の話だけど、犬神に首飾りを作ってるって、見せてもらったことがあるよ」

「なるほど。あれは犬神の良心の源。人間の優しさが詰まった、クロタの宝物だったのね」

ジリンが納得したように頷いた。

己が消えてしまうことを承知で、最期まで犬神のために頑張っていたクロタ。

彼の消滅は悲しかったが、美来にはどうしようもできないことだった。自分たちにできることは、残された犬を見送ってやることくらい。

「私の体を使い続けることができたらよかったんだけど……。本来は相性の合う人でなければ、憑依《ひょうい》を許すって難しいことなんだよね」

クロタに憑依された時の美来は、肉体的にも精神的にも疲れ果ててしまった。源郎も寝込んだくらいだし、相当負担が大きいのだろう。確かにそんな調子では、日常生活を送ることなどできない。甘楽がたくさんの犬神を魂に棲《す》まわせて、けろっとしているのは、すべて血筋のおかげなのだ。

フユは犬神の傍《そば》を離れて、ゆっくり境内《けいだい》を歩いた。そして後ろを向いたまま、空を見上げる。

「儂《わし》はな、今回の出来事を経《へ》て……実はとても驚いた」

静かな呟きに、キリマが首を傾げる。

「何に驚いたんだ？」

「人間の行動と……その心にだ。儂はな、ずっと諦めていた。この神社の様子を見ても薄々気づいているだろうが、今の人間は、あまりに神を敬《うやま》う心が足りない」

はあ、とフユは疲れた様子でため息をつく。

「いや……それよりも、日常が苦痛なのだろうな。人間は何を焦っているのか、いつも切羽詰《せっぱつ》まった顔をしておる。他者より優位に立ちたい者、競って勝者になりたい者が増えたせいで、苦しみ、余裕がなくなっているのだ」

フユの言葉に、ウバはなんとも切ない表情で俯《うつむ》く。

「……そうじゃな。わらわが祀《まつ》られなくなったのも、それが理由だろう。暢気《のんき》に神を祀るような時間がないのじゃ。皆、何かに急《せ》かされるかの如《ごと》く、生き急いでいるかららの」

寂しげにウバが言う。

「ほんと。少しは猫を見習ったらいいのにね〜。猫なんて、基本的に食べて寝ることしかしないわよ」

「もうちょっと色々してるよ……。毛繕いとか」

ジリンの楽天的な一言に美来がツッコミを入れると、モカが「君のそれも大概ではないか」と更に突っ込んだ。

すると甘楽が「あはは」と明るく笑う。

「まあ仕方ないよ。人間は、息してるだけでお金を払わないといけないしね〜」

「それってつまり、住民税とか、そういうことを言ってるんですか？」

美来は呆れた顔で口を開く。確かに、人は生きている限り税金を納めなければならない。甘楽の言葉選びは独特だ。しかし本当のことではある。人間は猫ほど暢気《のんき》には生きられないのだ。

「だからな、儂《わし》は、こんな人間がまだいるのかと驚いた。他者の……しかも、人間ではない者に対して、あんなにも思いやりを示し、自《みずか》らの体を差し出す人間などいたのかと」

　フユはくるりと振り向いて、美来と甘楽を交互に見える。

「儂が言うのもはなんだが、ぬしらは変わり者じゃ。ぬしらだけではない、周りにいる人間も相当だよ。普通の人間というのはあやかしを受け入れぬものなのだ」

　確かにそうかもしれないと、美来は思った。

　自分たちが化け猫や犬神を受け入れているからといって、他人に言いふらさないのはそれが理由だ。

　受け入れてくれる人がほんの一部で、大衆は受け入れてくれない。それを理解しているから、美来たちは口をつぐんでいる。そして甘楽もそうなるのだろう。彼は犬神の憑依《ひょうい》を許したが、そのことを他人に言うつもりはないのだと、なんとなくわかる。

　フユはゆるりと琥珀色《こはくいろ》の目を細めた。

「……嬉しかったぞ」

「え？」

「こんな人間がまだ存在しているのだと。儂の守る街に住んでいるのだと。それがわかって、誠に嬉しかった。ぬしらは儂の諦めきった心の慰めになったのだ」

　そう言うと、フユは空を仰《あお》いで、大きく口を開けた。

——ワォーーンンン。

思わず聞き入ってしまうほど、透明な美しさを持つフユの遠吠え。

彼の遠吠えに感化されたのか、甘楽の周りにいた犬神たちも揃って立ち上がり、空を見上げる。

「ウォォーーン」

「アオーン」

「ワフォーーウ」

多種多様な犬の鳴き声は、まるで歌っているみたいだった。

耳を寝かせて、秋の匂いが色濃い空に向かって、神に祈るような様子で。

フユは、犬神は、天まで届けと鳴き続ける。

すると、フユの目の前がカッと光った。美来はまぶしさに目を閉じてしまう。そして目を開けた時——フユの目の前には、手の平サイズの小さな狛犬《こまいぬ》が置かれていた。

「これは、儂《わし》から人間への贈り物だ。一見犬の置物だが、魂を宿すことで命を芽吹《めぶ》かせることができる代物。そして儂はここに、犬神の良心の魂を『保護』しておる」

ポッと、火が点くような音がして、フユの上に青白い炎が現れる。

美来は目を丸くした。フユはにんまりと、少しいたずらっぽく笑う。

「ぬしは儂に、優しさのあり方を示した。ならば神の使いたる儂は、返礼をするのが道理というもの。さあ選択するがよい、美来。ぬしはこの奇跡を——望むか？」

間違いない。キリマが吐き出して、そのまま消滅したと思っていたクロタの魂が、目の前にある。

……そういえばあの時、クロタが消える時も、フユや犬神は遠吠えをしていた。クロタの魂を悼《いた》んでいるのだと思っていたが、その想像は違っていたのだろう。

本当はクロタの魂を保護するために鳴いていたのだ。

すべては、この日この時のために。

選択？　そんなもの、思案する必要もない。

答えは初めから決まっている。

美来はウバを見た。彼女は大きく頷く。モカとジリンを交互に見た。二匹とも笑みを浮かべている。そして最後にキリマを見た。

彼はほんの少し複雑そうに目をそらしたけれど……すぐ美来に目を向けてくる。そして「仕方ないな」と言わんばかりの表情でこくりと頷く。

美来は化け猫たちに感謝した。

犬と敵対したし、毛嫌いもしていたけれど。皆はやっぱり優しい。

美来はめいっぱいの笑顔で、フユに告げる。

「はい。私は望むよ。どうか私に、奇跡を見せてください」

――アオォーンンン……

フユが歌うような遠吠えを上げる。それに続く犬神たち。

彼らの声は慟哭《どうこく》でもなく怒りでもなく、新しい命を祝福する温かさで満ちていた。

エピローグ　あやかしは、それぞれの居場所でぬくもりを得る

次の日の朝。

『ねこのふカフェ』の隣にある、鹿嶋家の玄関扉がガチャリと開く。

「ああ、今日もいい天気だ。さすがにちょっと寒いな」

気持ち良さそうに伸びをして屈伸する源郎はジャージ姿である。そして、彼の後ろより、黒い柴犬が元気良く飛び出した。

「ああ待て待て。ちゃんとリードがついてるか確認してからな」

源郎が言うと、黒犬は素直に源郎の傍《そば》に近寄った。黒い目を爛々《らんらん》と光り輝かせて、口を大きく開けて舌を出している。尻尾ははち切れんばかりにパタパタ揺れていて、早く散歩に行きたいという意思が表れていた。

「はいはい。……ついてるな、よし」

首輪にリードが繋がっているか、金具を見て確かめる。

黒い犬には古い革の首輪がついていて、そこには毛糸を編《あ》んで作られた、手作りのミサンガが飾られていた。

「よし、朝の散歩に行くぞ。ってこら、引っ張るな、クロタ！」

嬉しそうに。それはもう、とても嬉しそうに。

クロタは歩道を駆けていく。犬の力は存外強い。ただでさえ運動不足な源郎は、クロタに引きずられるように走っていった。

そんな父とクロタを見守っていたのは、同じく朝の散歩に出た美来とキリマである。

「お父さん、嬉しそうだね」

「むぅ……結局クロタは、うちに住むことになってしまったんだな……」

へなりと尻尾と耳を寝かせて、キリマがげんなり言う。そもそもクロタを拾った時は、期間限定という約束の下でキリマたち化け猫は了承したのだから、話が違うとはこのことだろう。

昨日、フユは保護していたというクロタの魂と、小さな狛犬《こまいぬ》の置物を用意して、美来に『奇跡を望むか』と尋ねた。

そして美来は望んだのだ。これ以上ないと思える奇跡を。

奇跡とは、先ほどまで目の前にいたもの。クロタの存在である。

クロタの魂が狛犬の中に入ると、それはみるみる大きくなって、小柄な黒毛の柴犬に変わった。

フユはクロタの新たな憑依《ひょうい》先として、狛犬の置物を用意してくれたのだ。クロタさえ望めば、このままずっと、犬として存在し続けることができる。

クロタはもう、誰の体に乗り移ることもしないだろう。いや、その必要がなくなった。なぜなら彼が案じていた犬神は甘楽と共に生きることができたからだ。

これからは単なる犬として、甘楽の祖父に次ぐ飼い主を得て、幸せに生きてほしい。

美来はそう願ってやまない。

「ごめんねキリマ。でも、うまくやっていけそうな気はするでしょ？」

「まあ、な。普通の犬と違って、言葉は通じないけど意思疎通はできるし、悪くはない」

キリマは複雑そうに顔をしかめて、ため息をついた。

クロタを連れて帰った日。源郎と花代子はそれはもう驚いた。顔どころか、首輪まで同じ犬を連れて帰ってきたのだ。驚いて当然だと美来も思う。

そして、源郎はとても喜んで、クロタを抱きしめていた。

美来がクロタのことを説明して、花代子は理解したものの、源郎はよく理解できていないようだった。

狛犬《こまいぬ》？　氏神の神使《しんし》？　クロタの魂？　などと、頭にハテナマークをたくさん並べたような顔をしたあと、『ま、いいか』と言った。

『なんにしても、あのクロタが戻ってきてくれたんだろ？　俺には、それだけで十分だ！』

そう言って、源郎はクロタに頬ずりして、さっそくシャンプーしてくる！　と風呂場に走っていった。犬派な源郎は、何よりも犬を世話したくてたまらなかったのだろう。

花代子はクスクス笑って、ホッとしたみたいに『よかったわ』と言っていた。

それには美来も、心から同感だ。もう戻らないと思っていたクロタが再び帰ってきてくれた奇跡は、これ以上はないというほど、嬉しい。

美来は、源郎とクロタが散歩に出かけた方向を見て、胸に手を当てる。

「本当に、フユには感謝しないとね」

「そう思うならば、儂《わし》にどっぐふーどなるものを捧げよ」

「ひょえっ⁉」

いきなり後ろから声をかけられたものだから、美来は驚いて振り向いた。そこにいたのは、厳《いか》めしい表情をした、シベリアンハスキーを思わせる出で立ちのフユ。そして、甘楽が立っていた。

「グッモーニン、美来ちゃん」

「おっ、おはようございます。甘楽さん。め、珍しいですね、朝に会うなんて」

「この子たちを引き取ってから、毎日朝は散歩してるんだよ。ほら、アインス、ツヴァイ、出ておいで」

甘楽がそう言うと、ふわっと黒い霧《きり》が立ちこめて、黒い犬が二匹現れる。

「便利でしょ。こんな風に出し入れできるんだよ〜」

「す、すごいですね。ちゃんと手なづけている……！」

「一匹一匹、名前を考えるのは面倒だから数字呼びだけど、ドイツ語だし格好いいでしょ」

ニッコリと甘楽は笑った。どうやら犬神に名前をつけて、しつけているようだ。

ちゃんと彼らとコミュニケーションを取っていることがわかって、美来は嬉しくなる。

「そんなことより美来、儂《わし》の望みを聞け。どっぐふーどをよこすのだ」

「フ、フユも。どうしてこんなところに、朝っぱらから？　あとドッグフードは……クロタが食べているものならありますけど……」

「うむ。それでいい」

フユが仰々《ぎょうぎょう》しく頷くので、美来は「じゃあちょっと待ってくださいね」と、ドッグフードを取りに玄関扉を開ける。

すると、扉の隙間からシュバッと何かが飛び出した。

「そなたら！　なにゆえ、この辺りでたむろしておる⁉」

ビシ、バシ、ベシ。

まるで甘楽たちの行く手を阻《はば》むように構えるのは、ウバとモカ、ジリンだ。どうやらずっと、玄関扉の前で聞き耳を立てていたらしい。

「なにゆえと言われてもな。この街は儂の氏神が守りし土地である。ごく自然な警邏《けいら》であるぞ？」

「そのわりには、美来にどっぐふーどをねだっていたではないか」

「うむ、それはあれだ。この辺りに住む飼い犬どもが、どっぐふーどはうまいと言うものでな。前から気になっていたのだ。特に、外側がカリッとして、中からトロッとしたものが出てくるどっぐふーどがたまらんと聞く」

「うむっ、それは同感じゃ。わらわも、外側がカリッとして、中からトロッとしたものが出てくるきゃっとふーどは、実に芳醇《ほうじゅん》な味わいだと思う。……ではなく！　わらわたちのナワバリに気軽に入るな！　甘楽はこっちではなく、反対方向を散歩するがよい！」

ウバがニャーニャーと威勢よく威嚇《いかく》すると、甘楽からシュバシュバッと犬たちが現れた。揃って臨戦態勢になり「ウゥー！」と唸り始める。

「こらこら、みんな落ち着いて。散歩の方向は自由にさせてほしいなあ。今日はさ、この辺りをひとまわりして、帰りに『ねこのふカフェ』に寄ろうと思ってたんだよ。ほら、モーニングタイムだったら、ジリンちゃんが人間姿で働いているんでしょ？」

甘楽が人差し指を立てて言う。モカが耳を寝かせて、心底呆れた顔をした。

「ジリンが猫又と知ってなお口説《くど》こうとする姿勢は、勇気があるというか無謀というか、ある意味尊敬してしまうが……」

「やーんっ、甘楽さんもモカも落ち着いて。あたしを巡って争わないでっ」

「誰が争うか、誰がっ！」

ジリンがヤンヤンと首を横に振って、モカが毛を逆立ててツッコミを入れた。

「とにかくー！　ここはわらわたちが懸命に匂いをつけた立派なナワバリなのじゃ！　犬どもは即刻去れ！」

ウバがギニャギニャ鳴いているところに、美来はドッグフードを持って戻ってくる。

「ちょっとウバ、落ち着いてよ。みんなは仲直りしたんじゃないの？」

紙皿にザラザラとドッグフードを入れて、フユに差し出す。

「ほほう、これが……どっぐふーどか！」

「フユが犬だった時代は、ドッグフードはなかったの？」

「うむ。人間の残飯を食っておったな。これがあまりうまくなかったのだ。よく腹を壊したし、泥のようだった」

フユの目は爛々《らんらん》と輝き、ドッグフードに向いている。

美来はそんなフユをジッと見たあと、スッと手を出した。

「お手！」

ぽふっ。

「はっ、また体が勝手に！　み、美来よ、予告なしに号令をかけるのはやめよ」

「予告したらやらないでしょ？　本当にかしこい！　フユは神使《しんし》だけど、可愛いね」

モフモフ頭に触れる。ついでに首の辺りをワシワシ撫でると、フユはプルッと体を震わせ、尻尾をぶんぶん振った。

「ああっ、や、やめよ。その手は恐ろしい。気持ち良くて勝手に尻尾が動くからやめよ！」

「み、美来ー！」

わっふわっふと息を弾ませて喜ぶフユに、美来の背中に爪を立てるキリマ。

「はいはい、ごめんね。どうぞ召し上がれ」

キリマをいなしながら美来がフユに言うと、フユはようやくドッグフードを食べ始めた。

「うむっ、うむ。うむ……！　このカリカリとした噛み応え。肉の旨味がぎゅっと凝縮した深い味わい。まるで永遠に味が続く獣骨を噛んでいるようだ。うまい‼」

どうやら、フユにとって『はじめてのどっぐふーど』は満足のいくものだった様子だ。あっという間に平らげて、紙皿をぺろぺろ舐める。

「いや〜神様の使いのわりに、見事な食べっぷりだね〜」

甘楽がニコニコと笑う中、ウバたちと犬神は依然として一触即発の状況である。

「うむ。見事な味わいであったぞ美来。褒めてつかわす。これはもう、定期的にここへ通わねばならないな。そのためには、やはりここをナワバリにしなくてはならぬ」

フユがワオンッとひと鳴きすると、統率の取れた軍隊のように、犬神がザッと並んだ。

「ほら美来！　美来のせいだぞ。すっかり餌付けしてしまったじゃないか。安易に野良犬に餌をあげたらだめなんだぞ！」

「え、でも、フユは野良犬じゃなくて神使《しんし》でしょ。人に迷惑をかけないなら、時々あげてもいいと思うし。っていうか私も、フユを撫でたいし……」

「美来はどっちの味方なんだよ!!」

ギニャー！　とキリマが怒り出した。とうとう堪忍袋の緒が切れたらしい。

「もうこうなったら、絶対に、美来を猫派にしてやる。覚悟しろよ、お前たち！」

ギロッとキリマが殺意を込めて犬たちを睨んだ。

「好戦的な猫鬼よ。その闘志、悪くない。退屈暮らしでなまった牙を尖らせる、恰好の相手になりそうだ」

「言ってろよ。お前らは俺が責任を持ってぶっとばす」

「キリマよ。わらわの爪も忘れるな」

「僕のトラップも磨きがかかるってものさ」

キリマを中心に、ウバ、モカが、臨戦の体勢を取った。

「いや〜なんか、思わぬ戦いになりそうだね〜。美来ちゃん、どっちに賭ける？」

「え⁉　いや、甘楽さん、何言ってるんですか。どちらかというと犬神たちを止めてほしいんですけど！」

「え〜でも、犬神の意思も尊重しないとねえ」

甘楽はあくまでマイペースだ。本当にこの人は、ナンパ以外は必死さが足りなさすぎる。

「ウフフ、美来もなかなか罪な女ねえ。あたしと違うタイプの悪女になれそうよ」

今日のジリンは観戦に回るらしい。他人事みたいな様子で美来の傍《そば》に座ると、前足を舐めながら意味深に見上げてきた。

「悪女なんてなりたくないし……」

がっくりと美来は肩を落とす。

猫も好きだが、犬も好きなのだ。もっと言えば、ハムスターもウサギも、ゾウやキリンも大好きだ。

「単なる動物好きなのに、どうして罪深いとか言われなきゃいけないんだよ〜！」

どうしようもできなくて、美来が朝の青空に向かって声を上げる。

やがて、散歩を終えてクロタとともに帰ってきた源郎が呆れ顔で「朝っぱらから何やってんだ」と、至極もっともなツッコミを入れた。


――都会の片隅にある『ねこのふカフェ』には、誰にも言えない秘密がある。

それは、芸達者で愛想のいい猫キャストの正体が、猫神に猫鬼、猫又に仙狸と、化け猫揃いということだ。更に最近、新たな家族が増えた。

『ねこのふカフェ』の番犬、クロタである。

悲しい逸話を持つ犬神のかけら。今は狛犬《こまいぬ》に宿り、新たなあやかしとなった化け犬。

『ねこのふカフェ』の扉を開けば、時々、小柄な柴犬、クロタがくつろいでいることだろう。好奇心旺盛な子猫たちが、その黒毛で遊んだり、フカフカした腹の上で昼寝をしている、そんな微笑ましい姿を目にすることもあるかもしれない。

ウバが若干面白くない顔をしてクロタを睨んでいることもあるが、その時はぜひ、彼女の大好きなオヤツを買って、お賽銭《さいせん》も気持ちばかりで構わないからあげてみてほしい。きっとみるみる機嫌をよくして、踊り出すだろう。

時々、誰も知らないところで事件が起きて、おかしな事態に巻き込まれることもあるけれど、基本的に化け猫たちはみんなふてぶてしいから問題ない。

本日も、『ねこのふカフェ』は通常営業、満員御礼である。

古く寂れた喫茶店を実家に持つ鹿嶋美来《かしまみらい》は、ひょんなことから巨大な老猫を拾う。しかし、その猫はなんと人間の言葉を話せる猫の神様だった！ しかも元々美来が飼っていた黒猫も「実は自分は猫鬼《びょうき》だ」と喋り出し、仰天する羽目に。なんだかんだで化け猫二匹と暮らすことを決めた美来に、今度は父が実家の喫茶店を猫カフェにしたいと言い出した！ すると、猫神がさらに猫又《ねこまた》と仙狸《せんり》も呼び出し、化け猫一同でお客をおもてなしすることに——!?

◎定価：本体640円＋税　◎ISBN978-4-434-24670-8

●illustration:pon-marsh

浪川琴莉《なみかわことり》は、職なし金なし学なしの人生敗《ま》け組女子。けれど幸せな結婚を夢見て、日々、婚活に勤しんでいる。そんなある日、小規模な婚活パーティーで出会ったのは、年収2000万以上のインテリ美形。思わず目を輝かせた琴莉だったが……

「そんなに俺の金が欲しいのか?」

彼の最大の欠点は、その性格。かくして、敗け組女と性悪男の攻防戦が幕を開ける!

◉文庫判 ◉定価:本体650円+税 ◉ISBN 978-4-434-21828-6 ◉illustration: 也